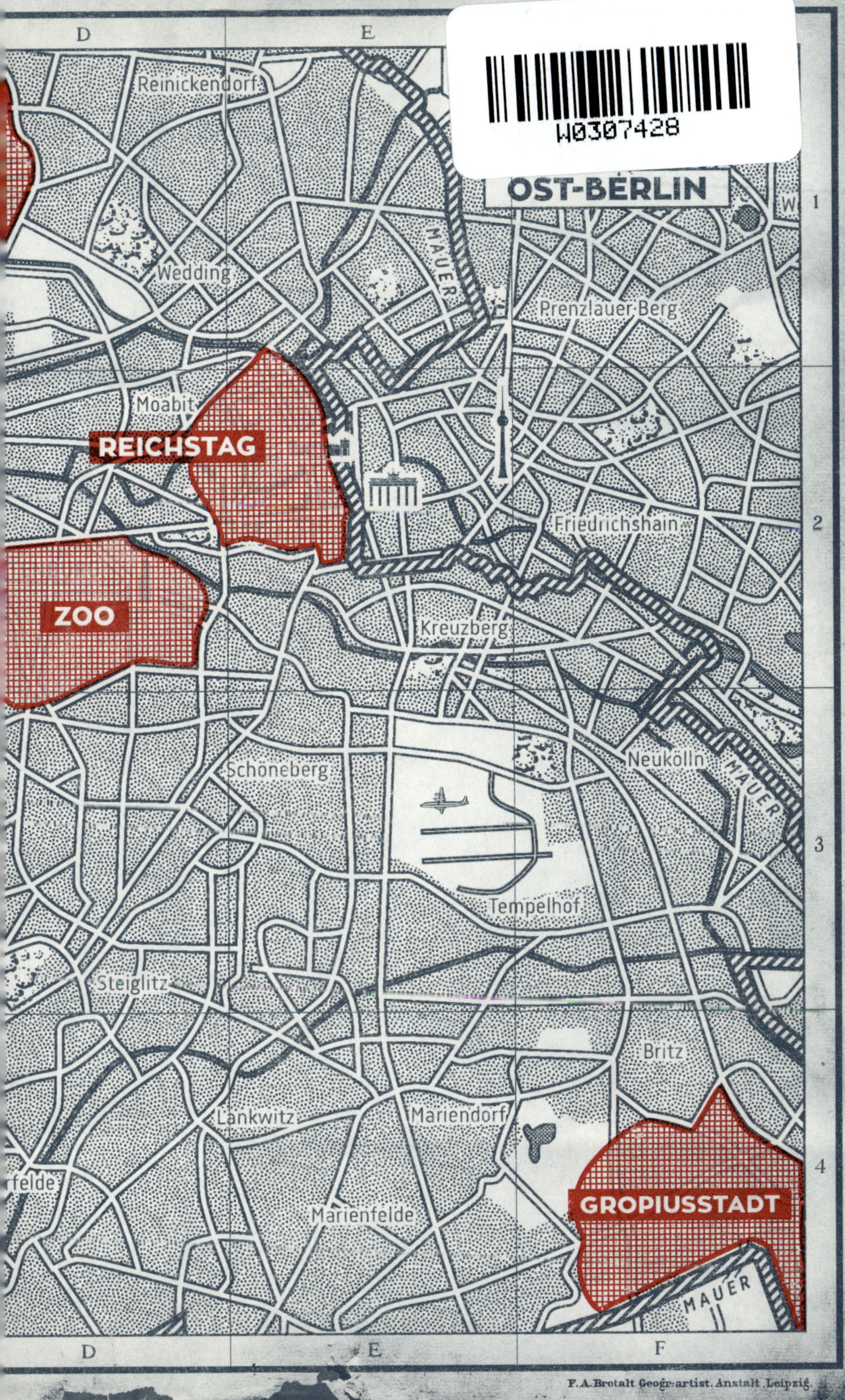

D
E
Reinickendorf
OST-BERLIN
1
Wedding
MAUER
Prenzlauer Berg
Moabit
REICHSTAG
Friedrichshain
2
ZOO
Kreuzberg
Schöneberg
Neukölln
MAUER
3
Tempelhof
Steiglitz
Britz
Lankwitz
Mariendorf
4
felde
GROPIUSSTADT
Marienfelde
MAUER
D
E
F
F.A.Brotalt Geogr-artist. Anstalt Leipzig.

BERLIN

FABIO GEDA
MARCO MAGNONE

BERLIN

I FUOCHI DI TEGEL

MONDADORI

Gli elementi grafici e fotografici presenti in sovraccoperta, sul rivestimento, nei risguardi iniziali e a pagina 8 sono su licenza di Shutterstock.
Rielaborazione grafica di Stefano Moro.

Foto dell'aeroporto di Tegel presente nei risguardi finali © MONDADORI PORTFOLIO / AKG Images.

www.ragazzimondadori.it

Pubblicato in accordo con Grandi & Associati, Milano
Prima edizione ottobre 2015
Stampato presso ELCOGRAF S.p.A.
Stabilimento di Cles (TN)
Printed in Italy
ISBN 978-88-04-65772-9

Anno 2016 - Ristampa 2 3 4 5 6 7

Giunsero dove l'isola finiva e videro com'era,
senza la magia dei miraggi e dell'immaginazione.
WILLIAM GOLDING, *Il signore delle mosche*

APRILE 1978

I GRUPPI DI BERLIN

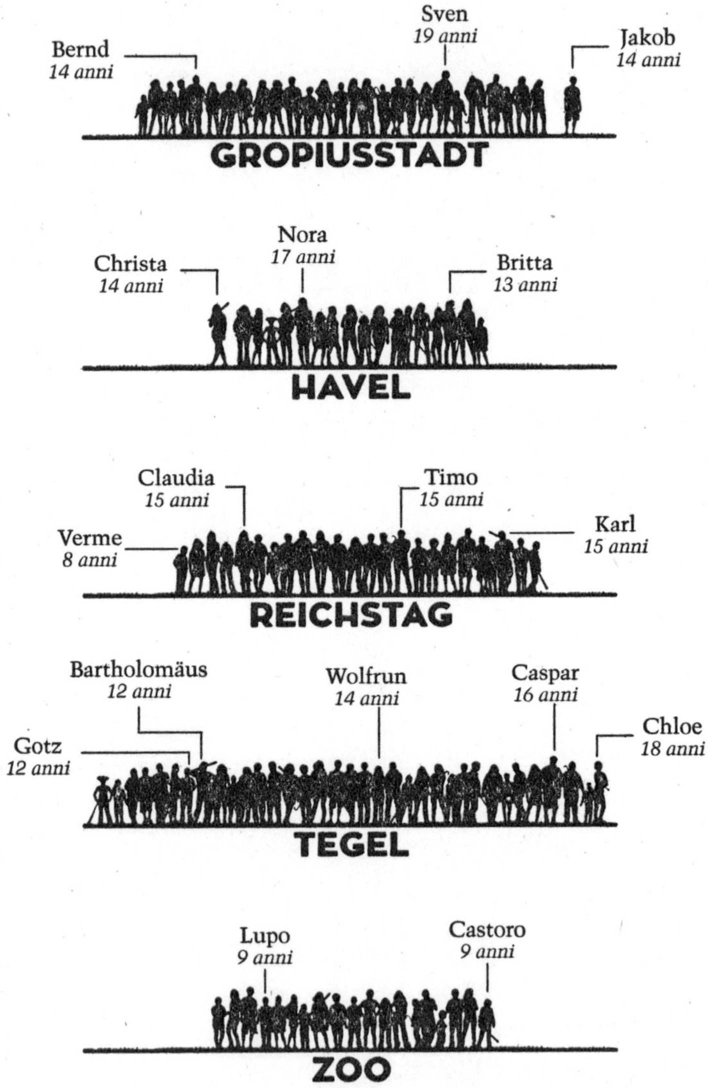

1

"Continuerete a riempire la terra di storia e il tempo di vita" avevano detto i suoi genitori prima di morire. Lo avevano detto per consolarla. O forse per consolarsi. "E non lasciar svanire i ricordi. Mai. Anche quando saranno solo un filo di ragnatela. Ci siamo capiti?"

"Sì" aveva risposto lei.

"Promettilo."

"Ve lo prometto."

C'era stato un tempo, nel tempo del mondo, in cui il ricordo di chi restava durava anni, decine di anni; la vita intera di un uomo che lì in Europa, in Germania, a Berlino, era solita concludersi da vecchi, la pelle rugosa e i capelli bianchi.

Nell'aprile del 1978 quell'epoca era solo una leggenda, qualcosa da raccontare attorno al fuoco, di sera, stretti gli uni agli altri.

Christa si passò tra i capelli le dita luride che sbucavano dai mezzi guanti di lana: avevano il colore delle castagne e pensò che bianchi non sarebbero diventati mai, non avrebbero fatto in tempo. Aveva compiuto da poco quattordici anni e Nora, per l'occasione, le aveva regalato un braccialetto di pietre azzurre trovato in un appartamento di Zehlendorf, pietre simili a quella incastonata nel ciondolo che Christa portava sempre al collo e che era appartenuto a sua madre.

Era una notte di quelle che il freddo brucia ancora le labbra e le guance, e ci si chiede se l'inverno durerà per sempre. Avvolta in coperte che puzzavano di cane bagnato e sudore e terra e brace, Christa spulciava le ciocche per tenere ancora un po' con sé quei pensieri: il ricordo dei genitori, la vita di prima, il tempo che non esisteva più.

Il palazzo era immerso nel silenzio. Si sentiva il respiro delle ragazze addormentate, lo scricchiolio dell'edificio come ossa d'un vecchio animale, e tutt'attorno il buio della Pfaueninsel, l'isola che le ragazze dell'Havel avevano trasformato in casa nei primi mesi del 1976, quando le violenze per le strade si erano fatte insostenibili e i ragazzi sfogavano la loro disperazione in modo incontrollato. Nora, che aveva da poco compiuto quindici anni, e alcune compagne della sua squadra di pallavolo, avevano deciso di cercare un luogo isolato e facile da difendere. Ed erano arrivate sulla Pfaueninsel.

Christa si girò su un fianco, infilò la mano tra le coperte che le facevano da materasso, trovò quello che cercava e lo alzò davanti agli occhi, scrutandolo alla tenue luce della luna: la custodia di un disco in vinile. Al centro, su sfondo nero, c'era il disegno di un prisma che rifrangeva un raggio di luce trasformandolo in un arcobaleno. Nell'angolo in alto un adesivo tondo con il nome del gruppo, Pink Floyd, e il titolo dell'album, *The Dark Side of the Moon.*

Angela, la figlia dei vicini di casa che andava a tenerle compagnia quando suo padre e sua madre rientravano tardi dall'ospedale, glielo faceva ascoltare di continuo cercando di convincerla a mettere via il violino, Bach e tutta quella roba lagnosa che invece, per Christa, era la prova stessa dell'esistenza di Dio. Il disco glielo aveva regalato poco prima che il virus se la prendesse.

Christa tirò fuori il vinile dalla custodia e passò i polpastrelli sui solchi; pensò che sarebbe stato grandioso se fosse bastato quel tocco a far scaturire la musica, visto che ormai, senza elettricità, non c'era più modo di ascoltarli, i dischi. Conosceva alcune strofe a memoria. Come quella di *Time* quando Richard Wright canta: *Sono stanco di stare sdraiato al sole, sto a casa a guardare la pioggia, tu sei giovane e la vita è lunga e oggi c'è molto tempo da ammazzare.*

La canticchiò nel buio.

In quel momento, in quel piccolo castello costruito da Federico Guglielmo II di Prussia sulla punta meridionale di un'isoletta sull'Havel chiamata Pfaueninsel, l'Isola dei pavoni; le parole della canzone sulle labbra; i corpi caldi di Nora e del piccolo Theo accanto a lei; ecco, in quel momento, per un attimo, Christa sognò di potersi alzare e di andare a spiare attraverso la porta della camera da letto i corpi addormentati dei suoi genitori, immersi in un sonno gentile.

Ma solo per un attimo.

Perché poi l'urlo di un animale notturno attraversò la notte e le stanze del palazzo. Facendole stringere il disco al petto. Come uno scudo.

2

«Cos'è stato?» chiese Wolfrun.

«Qualunque cosa fosse, spero di non incontrarla» disse Caspar. Quindi si voltò verso i due ragazzini che stavano perlustrando il tratto di bosco che li separava dall'acqua: «Allora, li avete trovati?».

«Perché non viene *lei* a cercarli visto che li ha nascosti lei?» rispose quello magro e dinoccolato che si chiamava Bartholomäus e aveva dodici anni, indicando Wolfrun, l'unica ragazza del gruppo.

Barth era vestito di nero. Erano tutti e quattro vestiti di nero: sciarpe, cappelli, scarpe. Fosse stato giorno si sarebbero viste incrostazioni di sudiciume sui pantaloni e sulle giacche, ma era notte, e la notte nasconde lo sporco pur non impedendo il male. «E fa pure un freddo pazzesco stanotte.» Si alitò tra le dita. «Non è che potremmo...»

«Potremmo gettarti nell'Havel, Bartholomäus. E farti scoprire quanto è fredda l'acqua del fiume.»

Wolfrun aveva parlato senza voltarsi, gli occhi rivolti alla sponda della Pfaueninsel, un chilometro quadrato di bosco, a forma di cavalluccio marino. Muoveva le dita con scatti nervosi, come stesse contando.

Bartholomäus sbuffò e bofonchiando tornò a immergere lo sguardo nella boscaglia che infradiciava le caviglie e graffiava le mani.

«Hai detto qualcosa?» chiese Wolfrun.

«No. Stavo...»

«Mi sembrava avessi detto qualcosa.»

«Volevo chiedere... dov'è che li hai lasciati? Di preciso, dico.»

«Tra gli alberi.»

Bartholomäus strabuzzò gli occhi e allargò le braccia. «Per tutte le fogne, è un bosco, Wolfrun, un bosco...» disse. «Ci sono alberi ovunque.»

Wolfrun sorrise scoprendo i denti bianchi, regolari; gli occhi stretti come due tagliole. «È un bosco, già, ci sono gli alberi...»

Caspar, il più vecchio del gruppo con i suoi sedici anni, iridi tanto chiare da sembrare bianche, stava in disparte, la schiena appoggiata a un tronco. Prese tra due dita una formica che gli stava camminando sull'orecchio e la spappolò. Cercava di tenere a bada il gelo con piccoli scatti elettrici della muscolatura. Scrutò con attenzione Wolfrun e si chiese cosa sarebbe successo se alla morte di Chloe fosse diventata lei, la guida di Tegel – l'aeroporto che, insieme a un centinaio di bambini e ragazzi di entrambi i sessi, avevano occupato dopo l'esplosione dell'epidemia. Per fortuna, pensò, Wolfrun aveva solo quattordici anni, e nessuno avrebbe voluto come guida una ragazzina di quattordici anni. Oltretutto matta da legare. Neppure quelli di Tegel.

Ricordava con assoluta precisione la prima volta che l'aveva vista: stava facendo a botte con un sedicenne sovrappeso per una scatola di fagioli. Alla fine lei che di anni ne aveva da poco compiuti dodici aveva perso i fagioli – il ragazzo mezzo orecchio.

«Eccoli!» urlò d'un tratto Gotz, il tipetto massiccio e con il viso straziato dall'acne che stava battendo il sottobosco insieme a Bartholomäus.

Tutti si voltarono.

Brandì i remi alzandoli sopra la testa. «Ma ce ne sono solo tre.»

«Il quarto ce l'hai sotto il piede, idiota» disse Bartholomäus raggiungendolo.

«Idiota? Io idiota? Chi li ha trovati i remi, eh? Vuoi che ti dimostri chi è più idiota tra noi due? Vuoi che lo dica a Wolfrun?»

«Piantatela» disse Caspar staccandosi dal tronco. «Ma che vi prende? Sembrate dei poppanti.» Storse la bocca e modulò una vocetta stridula. «Vuoi che lo dica a Wolfrun? Vuoi che faccia quello che ha detto Wolfrun? Portate qui i remi, invece di perder tempo. Non ho intenzione di passare la notte dietro a quest'accidenti di bambino. Prendiamolo e andiamocene. Tempo due ore e voglio essere al caldo accanto a un fuoco.»

«Avremmo dovuto venire in barca da Tegel» disse Bartholomäus. «Io lo sapevo che...»

«Così, Barth, sarebbe stato più semplice buttarti in acqua.» Wolfrun camminò verso di lui con passi rapidi. Bartholomäus scattò all'indietro, inciampò in una radice, cadde e batté il gomito; una scarica di dolore gli esplose lungo il braccio. Contrasse il viso in una smorfia. Wolfrun lo superò senza degnarlo di uno sguardo. Raggiunse Gotz e gli strappò i remi dalle mani. «Andiamo» disse.

3

Un uccello, pensò Christa. *Dev'essere qualche tipo di uccello, forse un falco.* Nascose il disco, infilò il cappello con il paraorecchie e si avvolse tra le coperte per proteggersi dal freddo. Mosse le dita dei piedi per scaldarle. La caviglia pulsava irradiando fitte di dolore: quella mattina s'era fatta male andando a raccogliere legna.

Oltre il vetro della finestra notò una costellazione; la riconobbe e sorrise: era la cintura di Orione. Pensò a suo padre. A quando una sera d'estate, al mare, di Orione le aveva raccontato la storia. Aveva detto che era un gigante. Aveva detto che era stato generato dalla pipì di tre Dei: Giove, Nettuno e Mercurio. (Lei aveva riso e si era rotolata sulla sabbia tenendosi la pancia.) Aveva detto che un giorno quei tre Dei – Giove, Nettuno e Mercurio – in viaggio per chissà dove, avevano chiesto ospitalità a un contadino che abitava in una misera capanna. Il contadino li aveva scambiati per normali viandanti e non solo li aveva ospitati, ma con grande generosità aveva condiviso il suo cibo e il suo vino.

A quel punto gli Dei si erano fatti riconoscere e lui, per onorarli, era corso fuori a immolare un toro. Per ricompensarlo, avevano detto che avrebbero soddisfatto un suo desiderio, quello che voleva, e il contadino dopo averci riflettuto a lungo aveva chiesto un figlio: sua moglie, morta da poco, non gliene aveva dato nemmeno uno.

Gli Dei avevano ordinato che portasse loro la pelle del toro immolato e tutti insieme le avevano fatto la pipì sopra – così le aveva detto suo padre facendo una smorfia buffissima, strizzando gli occhi e storcendo il naso per la puzza. Avevano detto al contadino di seppellirla nell'orto e di non toccarla per nove mesi. Quando nove mesi dopo l'aveva dissotterrata, avvolto nella pelle aveva trovato un bambino. Che aveva chiamato Orione. Da urina.

Christa ridacchiò nel buio, tappandosi la bocca con la mano.

Era una storia inventata, ma era una storia bellissima; una di quelle sere avrebbe dovuto condividerla con le altre.

Osservò la cintura di Orione unendo le stelle tra loro con un immaginario filo dorato, sospirò e lasciò che il sonno penetrasse nelle ossa e le chiudesse gli occhi.

Era stata una giornata intensa.

Nora aveva insistito che si occupasse della gamba di Jutta, della ferita provocata da un cinghiale. Lei aveva obbedito. L'aveva pulita meglio che poteva, usando delle pinzette per estrarre quanto di nero e infetto le sembrava non avesse niente a che fare con la carne, e poi l'aveva bendata con una vecchia camicia. Poiché i suoi genitori erano medici, tutti erano convinti che di medicina ne sapesse qualcosa anche lei, e che in un modo o nell'altro fosse in grado di occuparsi di ogni ferita o malanno. Ma lei aveva solo dodici anni quando aveva parlato con i suoi genitori l'ultima volta e di certo non le avevano tenuto un corso di pronto soccorso.

Di medicina sapeva poco o nulla. Ma quando aveva provato a rifiutarsi, a dire che non aveva idea di come muoversi, di dove mettere le mani, be', le cose erano andate peggio. Il fatto, ecco, il fatto è che si sentiva più in colpa a non fare nulla che a fingere di fare qualcosa che non conosceva. E le altre ragazze, in fondo, preferivano pensare che lei sapesse sul serio come comportarsi piuttosto che non farsi curare; ché avere qualcuno che si occupa di te, se non fa del bene al corpo, fa comunque bene all'anima.

4

Wolfrun salì per ultima sulla canoa dipinta con i simboli di un circolo di canottaggio, uno di quelli cui erano soliti iscriversi i suoi genitori, dove si andava il pomeriggio a prendere il tè con la torta; montò prendendo una leggera rincorsa e puntellando il piede contro la roccia in modo da farla allontanare. Gli altri immersero i remi e la canoa venne catturata dal fiume.

Aveva piovuto molto nell'ultimo periodo e l'Havel s'era ingrossato.

«Attenzione a ciò che trascina la corrente» disse Caspar. «Tronchi, carcasse di animali. Qualunque cosa. Un niente e ci si capovolge, su questi affari.»

Si lasciarono trasportare per un centinaio di metri, poi diressero la canoa verso la Pfaueninsel. Nessuno parlava. Si sentiva lo sciabordio dell'acqua contro lo scafo. Erano concentrati sull'assetto della barca, a non darsi fastidio mentre remavano e a setacciare la superficie del fiume su cui baluginava la luce della luna.

Un ramo emerse dal nulla e quasi strappò il remo a Bartholomäus, che lo riacciuffò un istante prima che sparisse in acqua.

Wolfrun si sporse in avanti. «Sai che saresti andato a riprenderlo, vero?» disse senza ridere.

Un quarto di luna tratteggiava l'isola nel buio come uno schizzo a carboncino: le rocce sporgenti, i declivi che s'infilavano dritti nel fiume, le estremità scheletriche degli alberi.

«Sappiamo dove lo tengono?» chiese Gotz.

«È il nipote di Nora» disse Caspar. «È probabile che dorma con lei.»

«E Nora dove dorme?»

«Dove dormono tutte. Nel palazzo.»

«Il piccolo castello bianco?»

«Quello.»

«Ci sono stato in gita con i miei genitori» sospirò Bartholomäus. «Avevo sei anni. Era estate.»

«Ma dai...» fece Caspar.

«Sì.»

«E c'era bel tempo?»

«Sì.»

«E cos'altro avete fatto quel giorno? Ti hanno preso il gelato?»

Bartholomäus smise di remare. «Davvero t'interessa, Caspar?»

«Secondo te, Barth?»

Bartholomäus rimase perplesso, poi, senza aggiungere altro, abbassò gli occhi e tornò a immergere il remo.

Caspar sputò nell'acqua. «Grazie per la comprensione, Barth.»

Erano ormai a venti metri dall'isola.

«A destra» disse Wolfrun.

«Dove?»

«Laggiù. Sulla riva. Il tronco caduto.»

Spostarono tutti il remo alla sinistra dello scafo, seguendo il ritmo di chi era davanti, per non intralciarsi.

«Lasceremo la canoa in acqua, legata al tronco» disse Wolfrun.

«E se si slega e il fiume la porta via?»

«Non accadrà se facciamo bene il nodo. E sarà più facile saltarci sopra al ritorno.»

«Avere il bambino sulla canoa sarà un gran casino» disse Gotz, «ci avete pensato? Piangerà e si dimenerà.»

«È vero» annuì Bartholomäus. «Uno di noi dovrà tenerlo in braccio per farlo stare fermo e non potrà remare. E saremo controcorrente. E poi siamo sicuri che sia un Nato dalla Morte? I Nati dalla Morte sono quasi tutti...»

«... morti?» disse Caspar facendo perno con il remo per far accostare dolcemente la canoa al tronco.

«Già» disse Barth.

«Chiediamolo a Wolfrun. Siamo sicuri?» chiese Caspar stirando le labbra in un sorriso.

La canoa sbatté contro uno scoglio.

«Il tronco» disse Wolfrun. «Afferrate il tronco.»

5

Ci sono notti che il sonno è leggero come l'alito di un gatto – sempre che il gatto non abbia mangiato qualche ragno morto. E notti che invece sembra di scivolare in un pozzo profondissimo, dove il rumore della vita non riesce a penetrare.

Theo si agitò nel sonno, braccia e gambe larghe, e scalciò contro Nora e Christa che gli dormivano accanto; nessuna di loro se ne accorse. Aprì gli occhi e osservò il soffitto affrescato che di notte lo spaventava, mentre di giorno sarebbe rimasto ore a guardarlo, sdraiato sul tappeto, la testa sulla pancia di Nora. Li richiuse. Piagnucolò. Nuotò sotto le coperte e trovò la mano di Christa. Le avvinghiò un dito. Il respiro tornò sereno e il nulla lo riprese con sé.

Theo aveva due anni.

Julia, la sorella di Nora, era incinta quando la catastrofe era stata annunciata con titoli timidi sui quotidiani: DOPO I PRIMI DECESSI SOSPETTI IL PRIMARIO RASSICURA BERLINO. DICHIARAZIONE ESCLUSIVA DALLA KLINIKUM STEGLITZ: NIENTE DA TEMERE.

Come aveva fatto con tutte le donne in attesa di un figlio, il virus non se l'era presa subito: la gravidanza l'aveva protetta. Ma era rimasto in agguato nel corpo. Aveva atteso paziente la fine della gestazione e quando Theo era nato – Theo come Thelonious Monk, il jazzista preferito dal padre di Julia e Nora, socio del Quasimodo, la mecca del jazz a Berlino – il virus si era presentato a chiedere la sua parte: la vita della madre per quella del figlio.

Theo era un bambino allegro e forte. Aveva superato indenne il gelo dei primi due inverni grazie alla costituzione robusta, alle cure di Nora e al calore materno delle ragazze dell'Havel, per cui rappresentava la cosa più simile alla speranza.

Per quelli di Tegel, invece, era solo un Nato dalla Morte. Wolfrun, Chloe e il popolo dell'aeroporto chiamavano così i bambini nati da madri contagiate durante la gravidanza e morte mettendoli al mondo. Animaletti da collezione. Un passatempo.

A Tegel ne avevano già uno di Nato dalla Morte: una bambina, Anneke. L'idea che sarebbe stato bello averne due, una coppia – un maschio e una femmina – era venuta a Wolfrun un pomeriggio in cui aveva visto Anneke giocare sola e triste in uno dei capannoni dismessi dell'aeroporto, legata a una corda di una cinquantina di metri che le impediva di allontanarsi, perdersi e farsi male.

Anneke era l'unico essere vivente per cui Wolfrun riuscisse a provare qualcosa di simile all'affetto, e vederla lì, in quell'hangar, tra la polvere e i rottami degli aerei, le aveva fatto pena in un modo strano e profondo.

Allora era andata da Chloe e le aveva chiesto il permesso di cercare un Nato dalla Morte maschio da qualche parte. "Così Anneke avrà qualcuno con cui giocare" aveva detto. "Ho sentito che forse le ragazze dell'Havel ne hanno uno. Si chiama Theo."

Chloe si era appena svegliata.

Erano le sei di sera.

Chloe si svegliava sempre quando cominciava a imbrunire. Aveva diciotto anni, i capelli tinti di verde tagliati corti da un lato, a mano, a casaccio, e lunghi dall'altro, ed era lei che quelli di Tegel avevano scelto come guida dopo aver occupato l'aeroporto.

"Perché no?" aveva detto stirandosi la schiena. "Così potremmo celebrare l'unione della coppia con una Festa della Morte." Gli occhi si erano rimpiccioliti alla dimensione di due spilli. "Ché di motivi per una Festa della Morte" aveva riso sgraziata, "di motivi non ce n'è mai abbastanza."

6

Caspar fece passare la corda attorno a un ramo biforcuto del tronco mentre Wolfrun scendeva dalla canoa con un balzo e posava un ginocchio a terra affondando la mano nel fango. Gli occhi frugarono il buio. Le orecchie il silenzio. Nessun rumore di passi o voci di persone.

Era notte fonda e le ragazze dell'Havel non erano tipe da andarsene in giro per l'isola di notte; e per loro fortuna – per fortuna di Wolfrun e dei suoi – neppure da istituire turni di guardia o cose del genere.

In fondo, non capitava più così spesso che i ragazzi di Berlino Ovest organizzassero razzie nelle zone degli altri gruppi. I primi sei mesi successivi al contagio, senza gli adulti a governare, quando branchi di ragazzini alla deriva si stavano spartendo la città, quando c'era chi sceglieva di scavalcare il Muro in cerca di salvezza, quando c'erano ancora riserve di cibo da rubare, negozi da saccheggiare, allora sì, gli scontri erano stati numerosi e violenti.

Ormai, a due anni di distanza, il cibo nei supermercati o era stato consumato o era marcito. Spazio ce n'era a volontà. Motivi per darsi battaglia pochi. Spesso, l'unica vera ragione era la noia.

Il cibo se lo procuravano cacciando: avevano imparato a costruire trappole per conigli; a scavare buche in cui far cadere cinghiali e cervi, gli animali che una volta si trovavano solo nel Grunewald e negli altri boschi della città e che ora, invece, vagolavano indisturbati per le strade; avevano appreso come rinchiuderli in un cortile e come ucciderli con frecce, pietre e coltelli. All'inizio avevano usato anche le armi da fuoco, pistole e fucili trovati nelle caserme per lo più, ma le munizioni erano presto finite. Avevano capito come catturare rane e serpenti, come cuocerli. Si erano impadroniti degli orti urbani e con gesti goffi e inesperti cercavano di averne cura. Le galline fornivano le uova. Di pesci, erano pieni i fiumi e i canali. Non era stato facile. Avevano sofferto, soprattutto il primo inverno. Ma poi avevano imparato a cavarsela.

«Nascondiamo i remi?» chiese Bartholomäus.

«Lasciali nella canoa» rispose Wolfrun. «Al ritorno non voglio perdere tempo a cercarli. Avremo fretta.»

Un gufo si alzò in volo e passò da un albero a un altro.

I quattro s'infilarono nella boscaglia diretti alla punta meridionale dell'isola. Wolfrun e Caspar davanti. Bartholomäus e Gotz subito dietro.

Cercavano di fare meno rumore possibile, ma il terreno era coperto di rametti secchi e sterpaglie e la luna sottile non li aiutava a vedere dove mettere i piedi. Sbucarono in una radura da cui si scorgeva il castelletto bianco delle ragazze dell'Havel, che nel buio sembrava risplendere come se avesse raccolto la luce durante il giorno e ora la stesse rilasciando. Scivolarono rasenti i tronchi, caso mai ci fosse qualcuno, ma non videro nessuno; gli unici rumori erano quelli degli animali e delle piante. Si acquattarono dietro una roccia e studiarono il palazzo: le due torri alte una quattro e una cinque piani e il ponticello che le univa, il corpo principale alto due, le merlature. Era tutto di legno. Questo Wolfrun lo sapeva per averlo letto da qualche parte, anche se non ricordava dove. Pensò che per farlo andare a fuoco sarebbe bastato un attimo.

«E ora? Che facciamo?» chiese Bartholomäus ansioso.

«Ma come? Non eri tu quello venuto in gita con i genitori?» disse Caspar. «Guarda che ti abbiamo portato per questo. Avrai ben fatto una visita guidata del castello, no?»

Bartholomäus strabuzzò gli occhi. «Ma io...» balbettò. «Non credo di...»

Gotz gli poggiò una mano sulla spalla. «Barth...»

«Davvero» Bartholomäus si voltò. «È passato tanto tempo e...»

«Barth» disse Gotz. «Sta scherzando. Calmati.»

«Stavi scherzando?» chiese Bartholomäus ritrovando il respiro. «Oh, accidenti. È che sono nervoso. Stramaledettamente nervoso. Devo calmarmi. Ora mi calmo. Ecco. Sono calmo.»

Caspar scosse la testa e si accostò a Wolfrun. «Hai qualche idea particolare o ci tocca perlustrare il castello zitti zitti come la fatina dei denti?»

Una folata di vento gli gettò in faccia freddo e terriccio. Si protesse con la mano.

«Intanto avviciniamoci» disse lei. «State bassi.» Sollevò la sciarpa nera per riparare bocca e naso, e a schiena curva si avviò attraverso il prato.

Se qualcuno nel castello si fosse affacciato, avrebbe visto quattro macchie scivolare sull'erba e stropicciandosi gli occhi le avrebbe scambiate per uno scherzo della luna.

Si inginocchiarono sotto una delle finestre. Era chiusa. Wolfrun scosse la testa e mescolò l'aria con l'indice come a dire che bisognava fare il giro. Si mossero in fila saggiando le finestre con le dita a mano a mano che proseguivano; ma erano tutte chiuse, bloccate dalle ragazze per impedire all'inverno di intrufolarsi nelle stanze.

Ce n'erano tre su due lati, quattro su un altro e altre tre lungo la circonferenza delle torri. Si accorsero che il portone principale che dava sul fiume era finto e che l'unico ingresso era una piccola porta laterale. Quando la sentì cedere sotto la spinta delicata della mano gli occhi di Wolfrun s'incendiarono.

«Ombre» disse. «Siate ombre.»

Entrò per prima. Caspar la seguì. Poi Gotz.

Il giaccone di Bartholomäus s'incastrò in un chiodo arrugginito che sbucava dalla serratura. Tirò per liberarsi. La porta scricchiolò. Gotz si girò infuriato, gli fece segno di stare fermo. Infilò la mano a tentoni tra il giaccone e la porta per lavorare sulla stoffa. Barth sentì un lieve strappo, la tensione svanì e si ritrovò libero di muoversi.

Era una piccola sala dalle pareti spoglie. A terra, ovunque, le ragazze addormentate, avvolte nelle coperte fin sopra la testa per conservare il calore del corpo. Qualcuna russava. Qualcuna tossiva. Qualcuna sussurrava parole incoscienti ai propri fantasmi.

Wolfrun si mosse in punta di piedi, gli occhi eccitati: le piaceva andare a caccia, le piaceva sentirsi in pericolo; il sangue scorreva veloce nelle vene e il cuore era un tamburo al centro del petto. Si guardò attorno. Era impossibile capire chi si nascondeva in quei bozzoli. Nora e Theo potevano essere ovunque.

Vagarono per la sala facendo attenzione a non pestare mani e piedi, a non incespicare nei tappeti stesi per arginare l'umidità. In fondo, una porta immetteva in una delle torri, attraversata da una scala a chiocciola che portava ai piani superiori. Caspar indicò il soffitto, quindi Gotz e se stesso. Wolfrun annuì e i due cominciarono a salire le scale sostenendosi al mancorrente per alleggerire i passi.

Rimasti soli, Wolfrun e Barth si voltarono a studiare quei corpi immersi nel sonno, ed entrambi ebbero l'impressione che l'intero palazzo, come un tendone da circo, si gonfiasse e sgonfiasse al ritmo dei sogni delle ragazze dell'Havel.

7

«Noi andiamo» disse il padre di Christa infilandosi il cappotto.

«E quindi... dov'è che andreste oggi?» chiese la madre guardando marito e figlia da sopra il libro che stava leggendo; dalle finestre alle sue spalle penetravano spruzzi di sole che facevano risplendere le piante ammucchiate in grossi vasi di coccio dietro la poltrona.

«Al parco» disse Christa.

«Non avevate detto al museo?»

«Al museo, certo...» disse il dottor Hartmann corrugando la fronte e correndo in aiuto della figlia. «Però prima passiamo dal parco. Cosa c'è di meglio di una bella passeggiata all'aria aperta prima di chiudersi in un museo? Giusto, Christa?»

«Giusto.»

«Ricordate che siamo a cena dai Bosch. Non fate tardi.»

«Spaccheremo il secondo» disse Christa.

«Quindi meglio che andiamo» s'affrettò a dire il dottor Hartmann.

«A dopo.»

«Christa...»

«Sì?»

«Hai qualcosa che esce dal... no, dall'altra parte...»

Christa raccolse la sciarpa bianca e viola del TeBe che penzolava lungo il fianco e la pigiò in fondo al tascone del giubbotto.

«Cos'era quella...?»

«Nulla, mamma, niente di...»

«Buon pomeriggio, mia cara» fece il dottor Hartmann spingendo la figlia fuori dalla porta. «Goditi il riposo.»

«E voi la vostra... passeggiata.»

«Certo.»

«Portatemi una cartolina dal museo.»

«Non mancheremo.»

Era una giornata gloriosa: il cielo d'un azzurro intenso, l'aria trasparente. Christa tirò fuori la sciarpa appena uscì dal portone e se la avvolse eccitata attorno al collo. «Pensi che abbia sospettato qualcosa?»

«Qualcosa cosa?» chiese il dottor Hartmann fingendo di non capire; dalla tasca interna del cappotto estrasse anche lui la sciarpa del Tennis Borussia Berlin che fece scivolare sul bavero del cappotto.

Risero entrambi e prendendosi per mano accelerarono il passo.

Era sabato 7 giugno 1975 e Berlino Ovest era quella di sempre: la città divisa, la città occupata. Dopo la Seconda guerra mondiale americani, inglesi, francesi e sovietici si erano spartiti la Grande Berlino e l'avevano divisa in quattro zone. Quella in mano ai sovietici era diventata Berlino Est, la capitale della Repubblica Democratica Tedesca. Le tre zone amministrate dagli alleati occidentali erano diventate Berlino Ovest. Ogni settore aveva le sue case requisite per gli ufficiali, i negozi dove acquistare i prodotti provenienti dai propri paesi, i cinema che proiettavano film americani per gli americani o francesi per i francesi, i boschi e i quartieri fantasma dove i soldati si addestravano alla guerriglia urbana. Era una città politicamente sganciata dalla Repubblica Federale Tedesca e fisicamente isolata da quella Democratica; per farlo – per isolarla – nel 1961 avevano costruito il Muro.

Ma anche nel 1975, anche a Berlino Ovest, tra torrette, riflettori, reticolati e *check-point*, una partita di campionato era pur sempre una partita di campionato.

Christa e suo padre costeggiarono il Grunewald, il bosco che si estende lungo la riva orientale dell'Havel, e in pochi minuti arrivarono al Mommsenstadion, lo stadio del TeBe, la squadra per cui nutrivano una passione che Christa paragonava solo a quella per il violino. Passione non osteggiata – no – ma non condivisa dalla signora Hartmann, che trovava il calcio un gioco da selvaggi e che il sabato pomeriggio, divertita dai goffi tentativi di nasconderle le loro intenzioni, fingeva di non capire che marito e figlia non erano diretti a un museo, o al parco, bensì al Mommsenstadion.

Quello era stato un anno speciale per il TeBe: la prima volta in Bundesliga. Non era certo stata una stagione semplice, e proprio per quello per nulla al mondo si sarebbero persi la partita con il Wuppertaler SV con cui condividevano il fondo della classifica.

Mostrarono i biglietti, entrarono e raggiunsero la tribuna.

Stavano prendendo posto quando il padre di Christa si sentì toccare sulla spalla. «Buongiorno, dottor Hartmann.»

Dietro di lui, seduto con il cappello sulle ginocchia, c'era un giovane rubicondo, dai capelli chiari e fini. «Andreas, che piacere. Non sapevo fosse un tifoso.»

«Tradizione di famiglia. E questa signorina?»

«Mia figlia. Christa, Andreas Beck.»

«Piacere» disse Andreas offrendole la mano.

Christa sorrise e gliela strinse.

«È uno dei miei assistenti più preparati» sussurrò il dottor Hartmann coprendosi la bocca con la mano. «Ma è meglio non lo sappia. Si monterebbe la testa.»

«Tuo padre ha di me un'opinione che non merito.»
«Mio padre non sbaglia mai a giudicare le persone.»
«Christa! Dobbiamo uscire insieme più spesso, io e te.»
«Ha sentito di quel nuovo paziente, dottore? Quello che...»

Hartmann portò la mano sinistra al cuore e storse la bocca, come per una fitta improvvisa. «Andreas, ha davvero intenzione di parlarmi di lavoro? Al Mommsenstadion? Oggi?»

«È che...» Il giovane assistente estrasse una sigaretta dal pacchetto. Non l'accese e la fece scorrere tra le dita come un prestigiatore fermandola con il mignolo. «Non ho mai visto nulla del genere.»

«Visto cosa?»

«Virus.»

Hartmann drizzò la schiena, lo osservò in tralice; una luce si accese agli angoli degli occhi. «Che virus?»

«Uno strano, dottore» disse Andreas infilando la sigaretta tra le labbra e cercando l'accendino. «Uno di quelli davvero strani.»

«Eccoli, papà» gridò Christa alzandosi in piedi e tirandolo per il braccio. «Eccoli! Guardate.»

I giocatori entrarono in campo. Lo stadio esplose in un boato.

8

Fu l'urlo di Nora a svegliare tutti.

Fece alzare in volo i rapaci invernali che avevano fatto il nido nel sottotetto. Fece rizzare i capelli a chi stava sognando. Fece tremare i vetri.

Christa si levò a sedere di scatto, schiena rigida e occhi appannati.

No.

Non era al Mommsenstadion.

La prima cosa che percepì fu il morso del freddo che le strappava di dosso il tepore delle coperte. «Che succede?» chiese tremando.

«Theo» gridò Nora, il volto contratto in una smorfia di dolore e stupore. «Qualcuno ha preso Theo.»

Nora infilò gli scarponi senza legarli e corse fuori dalla stanza. A metà delle scale gettò uno sguardo dalla finestra: sul prato quattro ombre correvano in direzione del bosco. Batté un pugno contro il vetro e urlò il nome del nipote come se lui avesse potuto sentirla, come se il bambino avesse potuto fare qualcosa oltre a piagnucolare stretto tra le braccia di Caspar, lamentarsi per il freddo e dubitare che quello fosse un gioco.

Per uscire dovette farsi largo a forza tra gruppi di ragazze insonnolite che le si stringevano attorno stropicciando gli occhi, battendo i denti e chiedendo cosa fosse successo.

Nemmeno il tempo di fare il giro del palazzo e Christa stava correndo al suo fianco, stringendo le labbra per soffocare il dolore alla caviglia.

«Chi era? Dov'è andato?»

«Sono in quattro. Il bosco» disse Nora ansimando. «Laggiù.»

«Chi sono?»

Nora non lo sapeva. Stava dormendo quando Caspar aveva schiuso la porta e, vedendo solo due corpi in quella stanzetta circolare da privilegiate – *e poi si vantano di essere un gruppo democratico*, aveva pensato – e un terzo rigonfiamento tra i due, aveva intuito che non potevano essere che loro: Nora, Christa e il piccolo Theo.

Il tempo di accorgersi che il corpo caldo del bambino era scomparso, di percepire una vibrazione estranea nell'ambiente, e quando Nora aveva aperto gli occhi ciò che aveva visto era stata una foschia sgusciare fuori dalla porta, uno spettro dalle cui spire spuntava il volto insonnolito di Theo.

Le due ragazze attraversarono la radura infilandosi nel fitto degli alberi e a quel punto si fermarono per guardarsi attorno e prendere fiato.

«Dove... dove si sono nascosti?» disse Christa.

«Non credo si siano nascosti. Staranno tornando alla barca con cui sono arrivati.» Ma Nora non aveva idea di dove potessero averla lasciata: c'erano approdi ovunque attorno alla Pfaueninsel. Scrutò il buio, sollevò le braccia e le fece ricadere contro i fianchi.

Poi.

Fu solo un mugugno, un dolore soffocato, un suono confuso con il fiume – ma lo sentirono entrambe.

«Da quella parte» disse Nora.

Correre era quasi impossibile a causa del buio, del terreno viscido e dei rami bassi – uno, acuminato, mancò per un soffio l'occhio di Christa, graffiandole lo zigomo. Erano costrette a ballonzolare svelte da un piede all'altro, abbassando e sollevando la testa per evitare le frustate degli alberi.

Un altro rumore portato dall'oscurità le fece scartare a destra. Si divisero per evitare un tronco. Si ritrovarono costrette in due percorsi diversi che le obbligarono ad allontanarsi e per alcuni istanti non si videro più.

«Da questa parte» urlò Nora. «Christa!»

Christa si bloccò per capire da che parte era arrivata la voce e decise per la strada più breve, tuffandosi in un intrico di rovi che s'impigliarono nella giacca e le tirarono i capelli. Quando ne uscì districandosi si ritrovò a pochi passi dall'acqua.

Nora era in bilico, un piede su una roccia e uno su un tronco caduto che s'allungava nel fiume, come una passerella, per un paio di metri. «Theo!» gridò. «Tornate qui, bastardi. Tornate indietro. Theo!»

Christa seguì la direzione del suo sguardo e vide una canoa allontanarsi, indirizzata verso la sponda opposta dai frenetici colpi di remo assestati da quelle ombre nere che di schiena, irradiate dalla luce riflessa, si rivelarono per ciò che erano: gente di Tegel.

Nora si inginocchiò sulla roccia con un grido di dolore, si sporse e assestò una manata all'acqua. Christa l'afferrò per la manica, disse: «Andiamo a prendere le nostre barche. Possiamo inseguirli».

«Perché Theo? Perché lo hanno preso?»

«Alzati, Nora.»

«Se gli fanno qualcosa...» e fece come per stritolare il fiume tra le mani.

Tornarono al palazzo di corsa; al centro della radura trovarono un gruppo di ragazze che stavano venendo a cercarle. Senza fermarsi, continuando a camminare in direzione del porticciolo dove tenevano le barche con cui si spostavano dall'isola alla città, Nora e Christa raccontarono ciò che era successo.

«Inutile perdere tempo a cercarli di notte, non li troveremmo» disse Nora facendo segno a Christa di aiutarla a tirare via la tela cerata con cui proteggevano le barche dalle intemperie. «Sappiamo dove stanno andando...»

«Quindi?» chiese una ragazza con una lunga treccia bionda che le scendeva sulla schiena, sbucando da un cappello costellato di macchie indefinibili.

«Quindi andiamo direttamente a Tegel» disse Christa. «Tu vieni con noi, Britta.»

«Io?» fece la ragazza bionda indicandosi e inarcando le sopracciglia. «A Tegel?»

«Non devi aver paura. Non sono come dicono...»

«No. Sono peggio. Molto peggio. Immensamente peggio. Lo sanno tutti» disse saltellando e battendo le mani un po' per il freddo, un po' per l'idea di dover andare con Nora e Christa. «Dico bene?» chiese cercando conferma nei volti delle amiche. «Almeno ci fosse un ragazzo, con noi, uno solo. Intendo dire... a Tegel ci sono i ragazzi, e se c'è da fare a botte...»

«Britta non ha tutti i torti» disse Christa.

«Che intendi dire?» chiese Nora.

«Che forse dovremmo portarci dietro qualche ragazzo.»

«Non vedo ragazzi qui.»

«Potremmo chiedere a quelli di Gropius.»

«Quelli hanno Theo, Christa» gridò Nora indicando il Nord. «Il solo pensiero che passerà del tempo con quella gente malata...»

Christa si voltò in direzione del castelletto e vide del fumo uscire dal camino; qualcuno aveva acceso il fuoco. Seguendo le volute, lo sguardo incappò nella cintura di Orione e per un attimo Christa sentì nelle orecchie la voce pulita di suo padre raccontare la storia degli Dei e della pipì sulla pelle del toro. Scosse la testa per allontanare quei pensieri e tornare ai loro problemi. «Ti capisco» disse a Nora. «Ma quante possibilità avremo se ci andiamo da sole?»

9

La cosa che più divertiva i ragazzi di Gropiusstadt erano i cartelli di divieto. Dentro e attorno agli stabili ce n'erano di ogni tipo: era vietato correre, gridare, andare sui pattini, andare in bicicletta; era vietato calpestare il prato o avvicinarsi troppo a certi cespugli di rose; era consentito usare lo spazio giochi solo in certe ore del giorno e la palla bisognava passarla senza foga perché erano vietati anche i giochi sportivi: quindi niente partite di calcio.

Questo dicevano i cartelli ormai arrugginiti e graffiati, coperti di scritte e disegni infantili; residui di un tempo in cui erano gli adulti a dettare le regole.

Altre cose, invece, i ragazzi di Gropiusstadt avrebbero voluto farle, ora che nessuno glielo impediva, ma non potevano. Le gare con gli ascensori, ad esempio. Gli ascensori erano bloccati e uno era persino crollato nelle viscere di un palazzo portandosi dietro un bambino di Kreuzberg. C'erano voluti tre giorni per recuperare il corpo e quando si era trattato di dire due parole di commiato di fronte alla pira avevano scoperto che nessuno sapeva come si chiamava.

Ecco cosa succede a una città che resta senza energia, senza nessuno che se ne prenda cura, senza niente di niente per due anni: comincia a sbriciolarsi, lentamente, pezzo per pezzo.

Certe cose non le si poteva più fare, ma per il resto, a Gropiusstadt – un quartiere popolare di nuova concezione progettato da un famoso architetto, enormi palazzoni algidi separati da prati e cortili e macchie di boscaglia – ecco, a Gropiusstadt tutto era concesso, e gli unici confini alla propria libertà erano la libertà altrui, il rispetto reciproco e il fatto che ognuno facesse la propria parte di lavoro per mandare avanti la comunità.

«Due conigli, una lontra, un cinghiale, dieci pesci e un gatto» dissero in coro i due gemelli Büchner, portavoce del gruppo responsabile della caccia per quella settimana.

«Un gatto? Avevamo detto di lasciarli stare, i gatti» disse Bernd strabuzzando gli occhi. «Io non li scuoio, quelli. E nemmeno li mangio. Quante volte devo ripeterlo?»

«Non l'abbiamo ucciso noi» disse uno dei gemelli, quello che tutti chiamavano Büchner Uno. «Era già morto.»

«Allora potrebbe essere malato.»

«Sono stati i cinghiali» disse Büchner Due. «Lo hanno travolto. Era un peccato lasciarlo lì.»

«In ogni caso io non lo scuoio e non lo pulisco. Se volete, lo fate voi. Sven...» Bernd si voltò verso di lui ma Sven non stava ascoltando; guardava fuori dalla finestra un punto lontanissimo che Bernd ebbe l'impressione fosse dentro se stesso, non fuori.

«Sven!»

Sven girò la testa con una lentezza infinita.

«Diglielo anche tu che io...»

«Non possiamo fare gli schizzinosi, Bernd. Lo sai meglio di me.»

«Ma...»

«Non in questa stagione.»

«Ma...»

«Dobbiamo mangiare. Fa freddo. Se non mangiamo ci ammaliamo. Se ci ammaliamo moriamo.»

«Moriremo comunque.»

Sven rise e il riso si trasformò in un colpo di tosse. «Questo lo so già, Bernd.»

Era pallido e aveva l'aria stanca e trasparente, come stesse evaporando. Con i suoi diciannove anni Sven era il più vecchio di tutti e guidava fin dall'inizio la comunità di ragazzi che si era riunita a Gropiusstadt: era attorno alla sua saggezza e al suo carisma che i ragazzi di Gropius, come si facevano chiamare, avevano trovato quella singolare armonia che li contraddistingueva. Inoltre, nessuno aveva vissuto a lungo quanto lui, dall'epidemia. Non a Gropiusstadt per lo meno. Ma la stanchezza cominciava a farsi sentire, e Sven sapeva che gli restava poco tempo.

«In ogni caso» disse Bernd «il gatto non lo scuoio. In campagna ne avevo uno. Si chiamava Felix.» Si chiuse nelle spalle. «Io non lo avrei mai scuoiato, Felix. Neppure per salvarmi la vita.» Superò il gruppo dei cacciatori e si avviò giù per le scale.

Bernd aveva quattordici anni ed era nato in Baviera, figlio di un allevatore di animali da macello; lì, nella fattoria del padre aveva imparato a badare alle mucche e alle pecore, a catturare le galline a mani nude, a lavorare la carne e ad affumicarla. A nutrire, ma anche a uccidere. Il problema era che per gli animali, lui, provava un amore travolgente; ogni volta che il padre lo obbligava ad aiutarlo Bernd passava il tempo a piangere, coltello in mano, imbrattato del sangue delle bestie.

Ora non piangeva più – era l'unico in grado di prendere un cinghiale appena ucciso e di trasformarlo in bistecche per tutti – ma in ogni caso odiava farlo. E mai e poi mai avrebbe mangiato un gatto, piuttosto sarebbe morto di fame; se gli altri erano tanto ignobili, che se lo cuocessero con i peli.

«Bernd! Bernd! Bernd!»

Un bimbo avvolto in diversi strati di maglioni e con due cappelli in testa gli corse incontro vedendolo uscire dal portone di quello che chiamavano grattacielo, il palazzo più alto di Gropiusstadt: trentun piani di cemento armato.

«Bernd!»

«Che c'è, Peter?»

Il bimbo lo prese per mano e allungò l'altra in direzione di un sole basso e inutile, che non riusciva a scaldare la città. «Laggiù, Bernd... guarda!»

10

Christa, Nora e Britta avevano camminato tutta la notte e parte della mattina. Dalla Pfaueninsel a Gropiusstadt avevano impiegato sei ore e si erano fermate tre volte: per riposarsi, per mangiare le patate e i ravanelli che avevano portato con loro, e per lasciar transitare un branco di cervi.

Avevano parlato poco. Attraversare una Berlino fantasma, osservare la natura impadronirsi delle strade e delle case, vedere gli animali sbucare dalle vetrine dei negozi era, nonostante ci fossero abituate, uno spettacolo che le affascinava e le terrorizzava al tempo stesso.

«Vorranno qualcosa in cambio» aveva detto Britta a un certo punto.

«Di chi parli?»

«Di quelli di Tegel. Vorranno qualcosa in cambio per ridarci Theo.»

«Non gli daremo un bel niente» aveva detto Christa. «Ce lo riprendiamo e basta.»

«E invece daremo loro qualunque cosa...» aveva detto Nora bevendo acqua dalla borraccia. «Accetteremo ogni richiesta.»

Christa aveva scosso la testa. «Non possiamo farci ricattare e se poi quelli si abituano e tornano e...»

«Daremo loro qualunque cosa» aveva ripetuto Nora, sillabando le parole.

Il rumore di un vetro in frantumi le aveva zittite; si erano fermate alcuni istanti, si erano guardate attorno, poi avevano ripreso a camminare.

«Chissà perché l'hanno preso» si era chiesta Britta giocando con la treccia.

«Scommetto che è per quella faccenda idiota...» aveva detto Christa.

«Quale?»

«I Nati dalla Morte.»

«I cosa?»

Christa si era bloccata. «Non lo sai? Ma dove cavolo vivi?»

Britta si era stretta nelle spalle.

«I bambini nati dalle donne contagiate durante la gravidanza...»

«Quelli come Theo?»

«Sì, be', quei bambini, quegli idioti tutti scheletro e niente cervello di Tegel li chiamano Nati dalla Morte. E sai che a loro piace tutta questa faccenda della morte, no?»

«Certo che lo so. Ci fanno pure sopra le feste.»

«Esatto, che gli sembra strafantastico non diventare vecchi, che preferiscono bruciare velocemente invece che spegnersi lentamente e *bla bla bla*. Ecco, per tutta 'st'immondizia che vanno in giro a ripetere come predicatori, per tutti questi motivi, a loro i Nati dalla Morte piacciono *da morire...*»

Britta era scoppiata a ridere.

«Che hai da ridere?»

«No è che... è per quello che hai detto... che i Nati dalla Morte gli piacciono da morire...» e aveva ripreso a ridere tanto da piegarsi in due, con le mani sulle ginocchia.

«Non c'è niente da ridere» aveva detto Nora.

«Sì. Lo so. Scusatemi.»

Britta si era asciugata le lacrime, ma non aveva fatto in tempo a fingersi contrita che era scoppiata a ridere di nuovo; e la risata di Britta era un cielo estivo pieno di stormi di uccelli, così aveva sorriso anche Christa e alla fine pure Nora aveva concesso a uno sbuffo d'allegria di attraversarle gli occhi.

«Ehi!» aveva detto Christa alzando lo sguardo. «Siamo arrivate.»

Le cime dei palazzoni bianchi di Gropiusstadt si ergevano al di sopra di un gruppo di case basse.

Un bimbo avvolto in diversi strati di maglioni e con due cappelli in testa le aveva viste. Ed era corso ad avvisare i grandi.

11

«No» disse Sven.

«Ma...»

«Ho detto no. Mi spiace.»

«A dirla tutta non sembra ti spiaccia granché» disse Christa.

«Pensa quello che ti pare, ragazzina. Ma la risposta è no.»

«Sven...» Nora si alzò dalla poltrona e si avvicinò alla finestra oltre cui Sven stava lasciando vagare lo sguardo; teneva una mano sul petto come se respirare fosse faticoso. «Sven... io ti capisco, ma...»

«Se mi capisci, allora non insistere. Mi spiace per tuo nipote. Non è certo in buone mani» tossì, «ma non ho tempo per le scaramucce. Anzi. A dirla tutta, credo di non averne proprio più... in assoluto.»

«Due giorni» disse Nora. «Ti chiedo due giorni.»

«Cammineremo piano...» fece Britta, svagata, lisciandosi la treccia.

Sven la guardò con dolcezza, gli ricordava una sua compagna di classe, una ragazza di cui si era innamorato in un'altra vita. Dalla finestra osservò un gruppo di bambini giocare agli indiani; uno di loro era legato a un palo della luce, gli altri gli correvano attorno scuotendo dei bastoni.

Alcuni grandi erano andati per legna. La stavano accatastando sotto una finestra al pianoterra. Altri prendevano rami e ramoscelli, cortecce, infissi, porte, gambe dei tavoli e dei divani e qualunque altra cosa venisse portata e la passavano a chi si sporgeva dalla finestra, che poi a sua volta la dava a qualcuno dentro l'appartamento che la sistemava nella legnaia; sulle pareti di quella stanza – Sven lo sapeva bene – c'erano i segni dei quadri che erano stati staccati e bruciati e, in un angolo, un televisore e un passeggino coperti di ragnatele e mosche morte.

Due bambine facevano roteare l'hula-hoop. Altre due ballavano al ritmo di una musica che non c'era. Alcuni stavano seduti al sole, ammucchiati come cuccioli di cane; altri da soli, impietriti dalla nostalgia.

«Se partite subito sarete a Tegel per il tramonto» disse Sven, distogliendo lo sguardo dalla strada e sedendosi sul davanzale. «Se volete, stanotte potete fermarvi qui. Se invece volete dormire per strada vi daremo carne secca e legna carbonizzata per il fuoco. Questo è ciò che possiamo fare.»

«E se non venissi tu?» disse Christa. «Se venisse qualcun altro?»

«Chi?»

«Qualcuno dei tuoi.»

«A Tegel? Nessuno andrebbe a Tegel senza di me. In passato abbiamo avuto... come dire? Brutte esperienze. Bernd?»

Bernd, che aveva accompagnato le ragazze da Sven, era seduto in un angolo. Sentendosi chiamare si drizzò di colpo e fece no con la testa.

«Non era questo che ci aspettavamo» disse Nora.

«Cosa vi aspettavate?»

«Collaborazione. Solidarietà. Non erano queste le regole?»

Sven strisciò gli occhi lungo le pareti macchiate, quindi

a terra, e infine li agganciò ai propri piedi. Sapeva che quelle parole erano state sue, solo due anni prima. All'inizio del nuovo mondo.

«Sven!»

Peter, il bambino con i due cappelli, si fiondò nella stanza, inciampò in un vaso, e sollevando una nuvola di polvere capitombolò tra i piedi di Christa che dovette saltare via per non essere travolta.

«Scusa» disse osservandola da terra e sorridendole con occhi sognanti. «Sven!» disse poi accendendosi. «Battaglia, Sven. Battaglia!»

12

Le squadre erano pronte: aspettavano tutti Sven, che si arrampicò su una sedia da arbitro rubata in un campo da tennis. Una ragazza gli passò quello che loro chiamavano semplicemente anello, perché altro non era: un anello di corda di una trentina di centimetri di diametro.

Il gioco era semplice.

Anzitutto non c'era un numero massimo di partecipanti. Le partite potevano essere giocate cinque contro cinque, undici contro undici, venti contro venti; una volta, un pomeriggio dell'autunno prima, si erano ritrovati con quarantatré giocatori per squadra. Chiunque poteva prendere parte alla Battaglia: grandi e piccoli, ragazzi e ragazze. Perché quelli di Gropius erano misti, non come le ragazze dell'Havel. Non c'era contatto fisico. L'anello non poteva essere strappato di mano, ma solo intercettato durante il passaggio; e ogni giocatore non poteva fare più di tre passi con l'anello e non poteva tenerlo per più di dieci secondi.

«Cos'è questa cosa?» chiese Britta sedendosi su un muretto.

«Noi lo chiamiamo Battaglia» rispose Peter.

«Ve lo siete inventato?»

«Sven» disse indicandolo. «L'ha inventato l'anno scorso, quando si è bucato l'ultimo pallone. Ha inventato Battaglia perché l'anello di corda, se si strappa, ne rifacciamo un altro. E per giocare servono solo l'anello e i due bastoni. Vedi?» Indicò un ragazzo e una ragazza a una cinquantina di metri di distanza l'uno dall'altro: ognuno di loro teneva in mano un bastone di legno.

«Ma qual è il campo?»

«Non esiste campo. Esistono solo le aree dei due portabastoni, un cerchio di dieci passi che delimitiamo posando a terra della corda. Loro, i portabastoni, non possono uscire dall'area: e nessuno può entrarci, né chi attacca né chi difende. Per il resto, si gioca tutt'attorno ai portabastoni.»

«Quindi bisogna passarsi l'anello lanciandolo e...»

«... cercare di farlo entrare nel proprio bastone.»

«Una specie di basket al contrario» disse Britta con voce sottile. «Al posto di qualcosa che entra nell'anello avete l'anello che entra in qualcosa.»

Il bambino si strinse nelle spalle. «Se ti piace vederla così...» disse.

«Ma il portabastone può muoversi per prendere l'anello?»

«Sì, ma senza uscire dall'area. Ecco, guarda...»

L'anello era stato assegnato alla squadra composta da tutti quelli che indossavano un cappello di lana verde con dei puntini bianchi, gli avversari ne avevano uno rosso con le strisce azzurre. Li avevano presi in un negozio di articoli sportivi su Rudower Straße.

Sven attorcigliò alla mano un cordino con un fischietto di metallo e decretò l'inizio.

A dare il via alla Battaglia, passando l'anello a un giocatore della squadra avversaria, era il portabastone. Quello dei berretti rossi lo porse a uno dei berretti verdi che subito lo lanciò in direzione di una ragazza altissima. Uno dei rossi cominciò a saltarle davanti agitando le braccia. Lei, prendendolo in controtempo, riuscì a lanciare l'anello verso un altro compagno che lo prese al volo e che caricò un tiro lunghissimo verso il suo portabastone. Ma proprio quando l'anello stava cominciando a scendere e il portabastone dei verdi si stava preparando a riceverlo, uno dei rossi spiccò un salto al limite dell'area, e lo afferrò.

Per alcuni minuti fu tutto un saettare dell'anello di qua e di là; uno sfrecciare dei giocatori attorno alle aree; un imprecare per gli errori, per i tiri deboli e imprecisi; un esultare per le prese acrobatiche.

Se l'anello veniva afferrato da più mani contemporaneamente si faceva una contesa, come nel basket. Se Sven notava un'infrazione, vuoi per il numero di passi, vuoi per il tempo impiegato a rilanciare, l'anello veniva riportato al limite dell'area avversaria e da lì ripartiva.

C'erano urla e tifo e cori e gomiti sbucciati e contusioni. Perché, nonostante fosse vietato ogni contatto fisico, i ragazzi, pur di accaparrarsi l'anello, erano disposti a tuffarsi come se ad attutire la caduta ci fosse poi una piscina e non della terra ghiacciata.

Britta pensò che Battaglia fosse un nome azzeccato.

Qualcuno le toccò la spalla. Era Christa. «Andiamo» disse.

«Dove?»

«Come dove, Britta? Dove pensi che stiamo andando? A fare spese?»

«Lasciamo stare questi idioti» disse Nora.

«Ma...» disse Britta. «Non finiamo di vedere la partita?»

Christa e Nora si scambiarono uno sguardo disperato e si incamminarono senza dire altro.

«Ehi! Ma che fate? Aspettatemi...» gridò Britta raccogliendo le proprie cose e saltellando dietro alle amiche.

Nessuno si girò a salutarle. Non Sven, impegnato ad arbitrare. Non Peter, impegnato a fare il tifo. Non quei pochi che le conoscevano. Solo Bernd scoccò di nascosto uno sguardo colpevole, lo sguardo di uno che sapeva che qualcosa era stato fatto male.

Christa, Nora e Britta avevano la città intera da attraversare, almeno altre sei ore di cammino, e avrebbero dovuto fermarsi per la notte perché era inutile e pericoloso entrare a Tegel con il buio.

Erano stanche. Erano furiose. Avevano perso del tempo prezioso e non avevano neppure preso la carne secca e la carbonella che Sven aveva offerto; da loro, da Sven, da chi non rispettava le regole, non volevano nulla.

Christa notò un piccolo falco che sorvolava con giri sonnolenti i palazzoni bianchi di Gropiusstadt. Lo vide posarsi su un'antenna a studiare i dintorni: la campagna in lontananza, la città in disfacimento. Restò lì per un po' in attesa di qualcosa.

Chissà cosa, pensò Christa.

Le sarebbe piaciuto entrare anche solo per un attimo nella testa di un uccello e vedere il mondo attraverso i suoi occhi.

Poi il falco si lasciò cadere, e riprese il volo.

13

Jakob si era sdraiato a leggere, la canna stretta tra le ginocchia, e aveva perso il senso del tempo – cosa che gli capitava spesso.

Aveva raggiunto un angolo che conosceva, proprio di fronte al Muro, aveva estratto dallo zaino il vasetto con i vermi, ne aveva scelto uno grasso e lo aveva infilzato all'amo. La corrente si era presa qualche metro di filo e lui si era seduto comodo, la schiena contro un masso; una mano dietro la nuca e l'altra a reggere il libro, la storia di certi ragazzini inglesi che a causa di un incidente aereo si ritrovano senza adulti su un'isola in mezzo all'oceano.

L'aveva preso in una villetta di un quartiere residenziale che attraversava per raggiungere il canale. Quelle case le aveva battute palmo a palmo dopo l'epidemia, in cerca di cibo, attrezzi utili, accendini, fiammiferi, alcol, batterie; ma ogni tanto ne vedeva una in cui non ricordava di essere passato e ci s'infilava dentro.

Quella mattina a incuriosirlo era stata una villetta gialla a due piani con un grande tiglio in cortile; accanto al tiglio c'era un'altalena arrugginita e subito dietro una rimessa con il tetto di lamiera mezzo crollato.

Aveva provato a passare dall'ingresso, ché la porta principale è sempre il modo migliore per entrare in una casa, era solito dire, ma l'aveva trovato chiuso. Aveva fatto il giro ed era entrato dalla finestra della cucina infilando un piede dentro il lavello, e appoggiandosi a una mensola per poi raggiungere il pavimento. Si era mosso con prudenza di stanza in stanza, annusando l'aria prima di entrare. Nonostante, i primi tempi, avessero passato settimane intere a disfarsene, capitava ancora di imbattersi in qualche cadavere scampato a quella che lui chiamava la Grande Pulizia; e le condizioni dei corpi erano ributtanti.

La casa era immersa nell'oscurità.

Aveva rovistato nei mobiletti, nei cassetti, sulle mensole. Alle pareti c'erano vecchie foto di famiglia: la prima comunione di una bambina, un signore elegante con il cappello e il bastone, un giovane seduto sul cofano di una macchina sportiva.

A volte, entrando nelle case, Jakob aveva la sensazione di sentire le voci di chi ci era vissuto. Nella testa di Jakob c'erano sempre un sacco di voci che si contendevano lo spazio, le voci di tutte le persone la cui opinione era – o era stata – per lui importante: suo padre e sua madre, Sven e Bernd, ma anche delle voci che non riconosceva e che chiamava "le voci degli altri".

In fondo a un comodino, dentro una scatola di tabacco, aveva trovato dei fiammiferi sfusi: gli occhi gli si erano illuminati di gioia e li aveva infilati nel taschino della giacca assicurandosi più volte di averlo chiuso, tanta era la paura, dopo averli trovati, di perderli.

Sulla sedia accanto al letto aveva notato un libro; sulla copertina il disegno di un gruppo di ragazzini vestiti da selvaggi su quella che sembrava essere una spiaggia esotica. Aveva letto il sunto della trama e aveva sussurrato: "Wow! Molto appropriato". E, soffiata via la polvere, se l'era preso.

Stava quindi leggendo sdraiato lungo il canale – un luccio aveva rubato il verme e lui neppure se n'era accorto – quando sentì un rumore alle sue spalle, come uno schiocco.

Si voltò.

Alzò gli occhi verso la sommità del Muro.
Si guardò attorno.
Nulla.
Una decina di metri alla sua sinistra, dalla giuntura tra il Muro vecchio e il Muro nuovo, penzolava una corda lungo cui erano stati fatti dei nodi cui aggrapparsi o ancorare i piedi. Era lì da un po' di tempo. Una volta Jakob s'era anche arrampicato. Aveva gettato un'occhiata dall'altra parte e constatata la stessa desolazione, lo stesso silenzio, era sceso.
Quello che chiamavano Muro nuovo non era altro che uno strato di lastre di metallo e filo spinato innestate sul Muro vecchio per alzarlo di un paio di metri. Il Muro nuovo lo avevano costruito durante l'epidemia per evitare che la gente, presa dal panico, evacuasse in massa Berlino Ovest. Il Muro vecchio, invece, be', quello l'aveva costruito negli anni Sessanta la Repubblica Democratica Tedesca per isolare Berlino Ovest dalla Germania Est.
Osservando il filo spinato gli venne in mente che aveva promesso a Sven di passare a prendere del fil di ferro. Lui e Bernd avevano scoperto un piccolo negozio di ferramenta non ancora saccheggiato. Così, si avvicinò alla canna e vedendo che non c'era attaccato nulla decise che non era giornata. Chiuse il libro, raccolse le proprie cose e si mise in cammino.

«Toh! Ecco un altro di quei buoni a nulla.»
Jakob stava uscendo dal ferramenta con una borsa piena di rotoli di fil di ferro. Si girò in direzione della voce e vide tre ragazze.
Ne conosceva due.
Quella alta era Nora, che per le ragazze dell'Havel rappresentava un po' quello che Sven era per i ragazzi di Gropius. Quella più bassa, che aveva circa la sua età, quattordici anni, si chiamava Christa.

Lui e Christa si conoscevano da prima dell'epidemia. Sua madre andava a fare le pulizie a casa dei signori Hartmann, i genitori di Christa.

«Nora, Christa» disse Jakob. «Che fate da queste parti?»

«Nulla di utile» disse Nora.

«E tu?» chiese Christa.

Jakob sollevò la borsa. «Fil di ferro.»

La ragazza bionda con la treccia, l'unica che Jakob non conosceva, si fece avanti e gli rivolse un sorriso infantile e pieno di stupore, inclinando il collo come per studiarlo meglio. «Io mi chiamo Britta» disse.

«Jakob» disse lui sorridendo di rimando. «Posso fare...»

«Puoi tornare con la coda tra le gambe dal tuo gruppo di buoni a nulla» disse Nora.

Jakob si rabbuiò. «Non capisco.»

«Non sei il solo.»

«No, dico, dev'essere successo qualcosa...»

«È successo che noi, povere illuse, pensavamo di avere un patto con voi» disse Nora indicandolo. «Che ci fossero delle regole. Ma a quanto pare non è così. Ora andiamo, abbiamo già perso fin troppo tempo.» Girò sui tacchi e riprese a camminare.

Britta sussurrò qualcosa a Christa. Jakob percepì la parola "carino".

«Ehi ehi, aspettate. Non so di cosa state parlando.»

«Fattelo raccontare dai tuoi amici.»

«Be', ma se me lo dite voi... magari è stato un malinteso...»

«Nessun malinteso» disse Christa accelerando per tenere dietro a Nora.

«Grazie lo stesso» sospirò Britta, «è proprio un peccato. Magari un giorno di questi passo a trovarti.» E trotterellò via con le altre.

Jakob alzò una mano come per fermarle. «Aspettate. Forse potrei...»

Ma erano già scomparse dietro l'angolo del palazzo.

14

«Cosa vuol dire che hai detto di no?»

Sven era seduto sugli scalini dell'ingresso, gli occhi chiusi rivolti al sole tiepido. Sentiva l'aria sbattere contro le ossa del viso come non avesse pelle né muscoli facciali. Aveva l'impressione di sentire il rumore del sangue che scorreva dentro il proprio corpo, quello dei passi delle formiche sul selciato, il crepitio della brace sotto la cenere del fuoco della sera prima. Era questo il modo in cui se ne sarebbe andato, pensò: percependo se stesso e il mondo con una intensità nuova.

«Non abbiamo mai detto di no a nessuno» riprese Jakob.

«C'è sempre una prima volta» disse Sven.

Jakob fremeva di rabbia; non era così che avevano vissuto fino a quel momento, non era quella l'idea di mondo per cui Sven era diventato la naturale guida dei ragazzi di Gropius. «Non è così che ci si comporta» disse.

«I tempi cambiano» fece Sven.

«Non sono i tempi, a essere cambiati. Sei tu.»

Sven socchiuse le palpebre e guardò Jakob negli occhi. «Credi di essere migliore di me?»

Jakob diede un calcio a una pietra e non rispose.

«Probabilmente lo sei» disse Sven.

«Non è vero.»

«Ti piace Christa?»

Gli occhi di Jakob diventarono tondi come ciliegie. «Chi?»

«Ti piace o no?»

«No... no che non mi piace. E poi cosa c'entra?»

Sven sorrise. «Bugiardo.»

«Comunque Jakob ha ragione» intervenne Bernd. «È stata una cosa fatta male.»

«Signore e signori, Bernd il saggio» disse Sven. «Bernd il custode della morale. Bernd che ama gli animali e li squarta tra le lacrime.»

«Ehi! Ora non prendertela con me. Io non ho fatto nulla.»

«Appunto» disse Sven. «Voi parlate, *blablablà, blablablà*. Parlate ma non fate nulla. Solidarietà di qui, collaborazione di là. Volete andare a Tegel? Andate. Cosa volete da me? Se correte le trovate prima di sera.» Si era tirato in piedi e aveva alzato la voce. «Vi ho forse impedito di aiutarle? Bernd, tu eri lì. Cos'ho detto?»

«Io...»

«Ho forse detto: impedirò ai ragazzi di venire con voi? Ho detto questo?»

«...»

«Ho detto questo, Bernd?»

«No.»

«E cos'ho detto?»

«Che nessuno di noi avrebbe avuto il coraggio di andare a Tegel senza di te.»

Sven aprì le braccia come ad accogliere la verità. «Hanno chiesto a me di andare a Tegel e io, in pieno possesso delle mie facoltà, ho detto no. Voi» disse indicandoli «potete fare quello che volete.»

Un bambino e una bambina di sei o sette anni passarono in mezzo a loro rincorrendosi a cavallo di una scopa, come se ci stessero volando sopra.

Jakob spostò una pietra con la punta della scarpa. «Mio

padre diceva una cosa.» Aveva recuperato dentro la pancia la voce bassa che metteva per le cose importanti e Bernd notò che le labbra gli tremavano per l'imbarazzo, il che significava che stava per dire qualcosa che non avrebbe voluto dire. Ma il fatto è che Jakob era incapace di dissimulare le proprie opinioni, anche a costo di finire nei guai. «Mio padre» continuò «diceva che c'è gente che alla morte ci arriva viva, mentre altri, quando tocca a loro, è come fossero già morti da un sacco di tempo.»

Bernd trattenne il respiro. Come prima di un tuffo. Il tempo sembrò congelarsi e i palazzi flettersi.

Sven avvampò.

Chiuse il pugno, tirò indietro la spalla in modo impercettibile e fece tre passi in direzione di Jakob, come per colpirlo. Poi, di colpo si fermò, inspirò, girò su se stesso. E sparì nell'androne del grattacielo.

15

Quella sera, Bernd e Jakob, dopo aver mangiato un po' di zuppa di patate e porri, si sdraiarono come sempre uno accanto all'altro non prima di aver riempito di brace i secchi di ferro che tenevano davanti ai piedi. Si infilarono sotto diversi strati di coperte e restarono lì, occhi al soffitto, in attesa di scivolare nel sonno.

Dopo aver frequentato le scuole elementari in Baviera, vicino a Monaco, Bernd era stato mandato dalla madre a Berlino, iscritto al collegio cattolico di Gropiusstadt. Lo aveva fatto per allontanarlo dalle intemperanze del padre. Intemperanze, *violenze*, da cui anche lei e gli altri due figli – Ferdinand, di sei anni più vecchio, e Nina, di quattro anni più piccola – sarebbero poco dopo scappati, raggiungendo Bernd.

Jakob, figlio di un giornalista che non amava scendere a compromessi – e quindi spesso senza lavoro – e di una marionettista, abitava in quel quartiere da tempo.

I due si erano conosciuti al doposcuola e se, per Jakob, Bernd era diventato il fratello che i genitori a causa delle ristrettezze economiche non avevano mai potuto dargli, per Bernd, Jakob era stato la guida a quella grande città misteriosa.

«Hai rischiato forte» disse Bernd.

Jakob non rispose, annuì tra sé e sé senza trovare la forza di dire che sì, aveva rischiato un pugno in faccia, e che forse se lo sarebbe meritato. Che ne sapeva lui di cosa significa stare per morire? Con che diritto giudicava la fiacchezza di Sven, il suo disinteresse, il suo lento sganciarsi dalla quotidianità? Come avrebbe affrontato lui lo stesso momento? Per ciò che ne sapeva, ancora tre anni e sarebbe stato il suo turno. O forse prima. Il virus era imprevedibile. Tra i diciassette e i diciotto poteva manifestarsi in qualunque istante. E alcuni ragazzi erano morti anche a sedici.

Bernd si girò sotto le coperte. «In ogni caso, Sven avrebbe dovuto aiutarle.»

«Sven ha ragione» disse Jakob.

«Ma come? Ma se...»

«Siamo noi i vigliacchi.»

«Sven non ha detto questo.»

«È quello che intendeva. Ci siamo sempre nascosti dietro di lui. Abbiamo sempre fatto affidamento su di lui. Per ogni cosa, per ogni decisione. E ora che lui sta per...»

«Non dirlo.»

«Tra poco non ci sarà più. Non potrà più guidarci. Dovremo cavarcela da soli.»

«Ci sono altri ragazzi più grandi di noi. Sedicenni, diciassettenni...»

«Ma chi se ne frega, Bernd! Non si tratta di quanti anni hai. Ma di come sei fatto. Di come usi la testa. Di come ti comporti.»

«E quindi?»

«Quindi cosa?»

«Cosa pensi di fare?»

Jakob passò la lingua sulle labbra screpolate; si sentiva sporco e appiccicoso e non vedeva l'ora che tornasse il caldo per andare al fiume a fare il bagno, a raschiare via dalla pelle l'odore di fumo e di animale che l'inverno gli aveva incollato addosso.

Lui e Bernd erano inseparabili, sì, ma Jakob aveva sempre cercato di tenere Bernd fuori dai guai. Sentiva il dovere di proteggerlo. Inseparabili nel divertimento, se c'era da scherzare o da lavorare, ma quando si trattava di fare qualcosa di rischioso, be', in quel caso a Jakob piaceva giocarsela da solo: se si fosse fatto male non avrebbe costretto nessuno a farsi male con lui. Tantomeno Bernd. Ché, da quando suo fratello Ferdinand era morto, a badare alla piccola Nina non era rimasto che lui e Nina, di Bernd, aveva bisogno tanto quanto dell'aria e dell'acqua e del cibo. Perché era una bambina speciale – così la chiamavano in famiglia. Alcuni medici avevano parlato di autismo, altri di disturbi comportamentali, fatto sta che per Nina il mondo era un animale misterioso – a volte incomprensibile, quasi sempre imprevedibile. Per questi motivi Jakob non disse la verità. Non disse cosa aveva deciso di fare.

«Allora?» lo incalzò Bernd.

«Nulla. Lascia stare. Ora dormiamo ché sono stanco.»

Bernd annuì e come se stesse masticando una patata bollita disse: «I verdi».

«Cosa?»

«I verdi» sbadigliò. «Oggi hanno vinto i verdi.»

«Perché mancavo io.»

«Figurati. Avresti dovuto vederli. Impressionanti...»

«L'unica cosa che fa impressione, nei verdi, è la muffa sui cappelli.»

Bernd scoppiò a ridere. Il respiro gli si fece pesante. «Jakob...»

«Sì?»

«Buonanotte, Jakob.»

«'Notte, Bernd.»

16

All'aeroporto di Tegel, Jakob c'era stato due volte.

La prima a undici anni, con suo padre, nel periodo in cui lui aveva lavorato come cronista sportivo: erano andati ad accogliere i giocatori dell'Hertha Berlino di ritorno da una partita. Il nuovo terminal esagonale era stato inaugurato da pochi giorni e profumava di plastica e vernice; era un mondo luccicante di promesse, posti esotici e grandi capitali. Lui e suo padre si erano seduti davanti al tabellone delle partenze e avevano scelto ciascuno la propria meta: Jakob sarebbe voluto andare a Barcellona oppure a Londra; il signor Geyer a Parigi, dov'era stato in viaggio di nozze.

La seconda volta c'era stato con Sven, per andare a trattare una tregua con il gruppo che, dopo l'epidemia, aveva scelto di occupare l'aeroporto e che per questo motivo era conosciuto come il gruppo di Tegel. Il terminal era coperto di scritte, l'odore della plastica e della vernice era stato sostituito da quello della polvere e della pioggia, della legna bruciata; il tabellone davanti cui lui e suo padre avevano sognato in attesa dell'Hertha era spento e penzolava triste da un lato a causa di un cedimento del controsoffitto.

Alla guida del gruppo di Tegel c'era una ragazza

che Sven aveva conosciuto al Sound, una discoteca su Genthiner Straße: il suo nome era Chloe.

Chloe aveva un anno in meno di Sven e tanto Sven era generoso, onesto e disponibile, tanto Chloe era violenta, egocentrica e insofferente a ogni regola. Era convinta che il virus avesse stabilito un nuovo, *meraviglioso* ordine: il mondo in cui erano nati, il mondo degli adulti, era finito, ed era iniziata una nuova era di eccessi e anarchia.

«Che senso ha invecchiare?» ripeteva la notte, attorno al fuoco, a chi sceglieva di unirsi a lei. «L'unico periodo in cui ha senso vivere è il nostro: corpi giovani e spiriti liberi» diceva. «La vita dura poco? Ce la godremo ancora di più, senza nessuno che ci dica cosa fare.»

All'inizio le razzie da parte della gente di Tegel erano la normalità; avevano occupato diversi supermercati e rivendicavano il potere di decidere chi far passare in certe zone e chi no; appiccavano il fuoco alle macchine e alle baracche e ci danzavano attorno gridando.

Per questo, a un certo punto, Sven era andato a contrattare. Lo avevano accompagnato Jakob, che all'epoca aveva solo dodici anni, e un certo Rudi, uno un po' più vecchio di Sven.

Chloe, in ossequio alla vecchia amicizia e ai tempi del Sound, aveva accettato di discutere le loro proposte a patto che si offrissero volontari.

Sven aveva chiesto per cosa.

Chloe aveva risposto: "Per un paio di giochetti. È una cosa che chiamiamo la Festa della Morte".

Jakob non aveva mai saputo cosa fosse successo.

Sven aveva ottenuto che alle prove prendessero parte solo lui e Rudi, e quando Jakob aveva insistito per partecipare, Sven lo aveva chiuso in uno sgabuzzino, tra le scope e i detersivi usati per i corridoi dell'aeroporto.

Jakob aveva preso la porta a calci, cercato di sfondarla, ma senza riuscirci; e aveva trascorso la notte lì, seduto, le ginocchia al petto e gli occhi rivolti a una finestrella da cui arrivavano urla e suoni incomprensibili, e da cui scorgeva pezzi di cielo infiammati dai fuochi.

Sven era tornato a prenderlo il mattino dopo.

"Aiutami" aveva detto inginocchiandosi. "Usa questo."

Jakob avrebbe voluto saltargli addosso e tempestarlo di pugni per la rabbia di essere stato escluso. Invece aveva preso la maglietta che Sven teneva in mano, l'aveva strappata con i denti e l'aveva aiutato a fasciare una profonda ferita alla spalla che gli stava imbrattando di sangue la camicia; Sven aveva anche il viso graffiato e sporco di terra.

"Cos'è successo?"

"Hanno accettato le nostre condizioni."

"Rudi?" aveva chiesto.

"Rudi..." aveva risposto Sven cercando le parole nelle tasche e in altri luoghi profondissimi. "Dimenticalo."

17

Jakob scivolò fuori dalle coperte un paio d'ore prima dell'alba. I ragazzi con cui divideva la stanza dormivano, uno russava e Bernd mugugnava qualcosa che aveva a che fare con la Battaglia del pomeriggio precedente. Diceva *anello* e *passa* e *verdi*.

Prese lo zaino e ci mise dentro una coperta arrotolata, della carne secca e una borraccia. Infilò le dita nel taschino della giacca per controllare che i fiammiferi trovati quella mattina ci fossero ancora.

Scese le scale accompagnato dal rumore felpato dei propri passi e uscì alla luce della luna. Tirò le maniche sui guanti per non far entrare l'aria, sistemò il cappello sulla fronte e infilò i bordi della sciarpa nel colletto; passò davanti a ciò che restava di un manifesto del Sound ormai ridotto a brandelli: LA PIÙ MODERNA DISCOTECA D'EUROPA.

Al Sound, Jakob non c'era mai stato. Era troppo piccolo. Ci si entrava solo dopo i sedici anni e se ne dimostravi meno, all'ingresso, per verificare, ti chiedevano la tessera scolastica. Un suo amico che era entrato grazie al fratello maggiore che gli aveva falsificato la tessera diceva che era un gran casino, aveva il soffitto basso, puzzava e la musica era incredibile, elettronica tipo i Kraftwerk e altra roba violenta, non come al Flashpoint, dove andavano i ragazzini per bene, e che le ragazze erano bellissime. Avevano una macchina per la nebbia e laser che tagliavano la sala. Disse anche che girava un sacco di droga. Questo disse.

In ogni caso, il Sound, la più moderna discoteca d'Europa oggi era il regno dei topi.

Camminando per le strade invase dalle erbacce che si mangiavano l'asfalto, Jakob pensò che l'unica cosa cui ancora non si era abituato era il silenzio; pensò che il silenzio di una città fantasma era diverso dal silenzio dei boschi in cui lo portava di tanto in tanto sua madre, aveva la sensazione che una mano ghiacciata gli passasse il pollice sui nervi dietro al collo e che se si fosse voltato di scatto avrebbe visto un volto pallido, di stoffa, senza occhi e bocca, galleggiare a mezz'aria.

E poi c'era il pericolo degli animali.

Si aggiravano per le vie, entravano nei palazzi, frugavano tra le macerie: i cani randagi si muovevano in branchi, i cinghiali in fuga potevano travolgerti e ridurti a uno straccio slabbrato e sanguinante. Si diceva ci fosse persino una tigre scappata dallo zoo.

Camminò fino a quando il cielo divenne di quel blu intenso che precede il sorgere del sole e si chiese cosa diavolo stesse facendo.

Jakob era così: si poneva un sacco di domande.

Stava andando a Tegel.

Aveva deciso di andarci perché Sven – lo Sven di prima, anche solo di due mesi prima – lo avrebbe fatto. Ammise con se stesso che sì, si sentiva in dovere di farlo, che sarebbe andato per chiunque, ma che il pensiero di farlo per Christa era dolcissimo e terribile al tempo stesso: dolcissimo perché carico di promesse e ricompense, terribile perché poteva renderlo avventato e imprudente. Detto questo, si concentrò sul dolcissimo; un sorriso imbarazzato gli illuminò il volto. Si scrollò di dosso i dubbi con un'alzata di spalle e continuò a camminare.

Gli venne sete e bevve l'acqua piovana che si era portato nella borraccia. Una delle prime cose che aveva imparato era evitare di bere acqua trovata chissà dove, che poi magari gli faceva venire la dissenteria o lo costringeva a piegarsi in due per il mal di pancia. Si accorse anche di avere fame; prese la carne secca, ne strappò un morso e la masticò a lungo.

La carne lo fece pensare a Bernd.

D'inverno Bernd sapeva come far seccare la carne, come conservarla; il problema era d'estate, con il caldo.

Quando Bernd si fosse reso conto che era andato a Tegel senza dirglielo si sarebbe infuriato. Come al solito, aveva voluto proteggerlo. Tuttavia, in quel momento, averlo accanto con la sua ironia e la sua devozione gli avrebbe fatto piacere. Il solo pensare a lui gli scaldò il cuore.

Jakob attraversò l'enorme distesa vuota dell'aeroporto di Tempelhof, che a differenza di quello di Tegel era dentro la città: alcuni aerei della Pan Am e della British Airways giacevano abbandonati a ridosso del terminal, come animali morenti. Le piste di rullaggio e i prati che le dividevano erano spazzati dal vento e lui si sentì minuscolo; l'ultimo ragazzo sulla Terra.

L'aeroporto era stato usato per il ponte aereo con il quale, alla fine degli anni Quaranta, Stati Uniti, Inghilterra e Francia avevano rifornito Berlino Ovest di cibo, medicinali e carbone, dopo che l'Unione Sovietica aveva bloccato gli accessi via terra.

Glielo aveva raccontato suo padre.

Quando era scoppiata l'epidemia Jakob aveva atteso per mesi di vedere atterrare gli aerei a Tempelhof.

"Faranno come nel '48" aveva sentito ripetere da sua madre, giorno dopo giorno. "Verranno a prenderci. Ci salveranno."

Invece non era arrivato nessuno.

18

Voci sgraziate, e una risata come un chiodo arrugginito estratto da una lastra d'acciaio – *Eee-eee-eee*. Fu quella la prima cosa che udì.

La sentiva tutt'attorno, quella risata, e fin dentro la pancia; ma non capiva da dove venisse. Entrò in un palazzo, corse su per le scale, all'ultimo piano. Percorse il corridoio. Tre porte erano chiuse, ma la quarta era stata divelta e abbandonata sul pavimento. Entrò, raggiunse il balcone e s'affacciò, acquattandosi.

Verso nord, in un angolo della piazza, davanti all'ingresso di un negozio di alimentari con la vetrina sfondata da una Volkswagen di cui sbucava solo il posteriore, vide tre ragazzi della sua età, o poco più grandi, e due bambini di nove o dieci anni.

I bambini erano schiena contro schiena circondati dagli altri tre, uno dei quali, alto e biondo, stringeva tra le braccia qualcosa che da quella distanza Jakob non riusciva a distinguere. Si capiva che uno dei piccoli stava piangendo e che quello da cui proveniva la risata oscena era uno dei compagni del biondo, il secondo sulla sinistra, che nel frattempo – questo Jakob riusciva a vederlo – era intento a intagliare un pezzo di legno con un coltello.

Ragazzi del Reichstag.

Lo spilungone biondo lavorò sull'oggetto, estrasse qualcosa e l'ingoiò. Il bambino che piangeva gli si lanciò contro con un urlo feroce. Lui scartò di lato e allungò la gamba. Con il piede agganciò la caviglia del bambino che rovinò a terra. Il bambino si rialzò, come se avesse rimbalzato, e gli saltò addosso un'altra volta. Lo spilungone lo evitò con una piroetta. Si portò alle sue spalle. Gli appoggiò la suola della scarpa contro la schiena e usandola come uno stantuffo lo spinse addosso all'amico, facendoli cadere entrambi.

«Ridammelo» urlò il bambino con tutto il fiato che aveva in gola.

Accidenti, pensò Jakob, sbuffando e scuotendo il capo come a spruzzare via i pensieri. *Accidenti e ancora accidenti.*

Si sedette spalle alla ringhiera, alla strada, sperando così di sottrarsi alla tentazione di correre in loro soccorso. Il buon senso suggeriva di infilarsi in una via laterale e camminare verso Tegel senza stare a impicciarsi di fatti che non lo riguardavano. Ma nella testa sentì Sven dire: "Allora? Cosa aspetti?". E suo padre, seduto sul divano sotto il ritratto di Rosa Luxemburg, bofonchiare che nella vita, be', nella vita capita, a volte, di dover scegliere tra ciò che è giusto e ciò che è conveniente.

«Maledizione» disse, questa volta ad alta voce.

Uscì dall'appartamento, scese le scale e sbucò in strada.

Il primo ad accorgersi di lui fu quello con la risata oscena: smise di scorticare il pezzo di legno e lo indicò agli altri.

«Guardate un po' chi è venuto a trovarci da Gropius... Jakob.»

Jakob si chiese come facesse a sapere il suo nome. Studiò il ragazzo – gli occhi in fuori, il naso grosso – e gli venne in mente che sì, era vero, si conoscevano. Si chiamava Karl e avevano frequentato la stessa scuola, ma in sezioni diverse; forse era di un anno più vecchio.

Il biondo prese di nuovo qualcosa dal contenitore che

teneva stretto tra le braccia e l'infilò in bocca. «Vuoi una?» disse. «Era un sacco che non trovavo delle caramelle. Alla fragola, al lampone e alla banana. Le mie preferite sono alla menta, a dirla tutta, ma non voglio fare lo schizzinoso.»

«Le ho trovate io» urlò il bambino. «Sono mie.»

«Davvero?» chiese il tipo biondo che, visto da vicino, pensò Jakob, era poco più alto di lui, ma aveva tutta l'aria di essere molto più muscoloso.

«Sì» piagnucolò il bambino.

«Sì?» ripeté il biondo con aria stupita. «Allora perché le ho io?» e si guardò attorno in cerca di una risposta.

«Forse perché gliele hai rubate» disse Jakob.

«Rubate? Karl, Claudia. Le ho forse rubate?»

Jakob si accorse in quel momento che il terzo era una ragazza: il bavero sollevato, il cappello calato fino alle sopracciglia e la sciarpa alta al naso le nascondevano la faccia quasi per intero; si vedevano solo gli occhi chiari.

Karl emise la sua risatina arrugginita: «*Eee-eee-eee*».

Claudia non disse nulla e non si mosse.

«Vedi?» sorrise. «Non le ho rubate. Le ho prese a questi due mocciosetti dello Zoo che sono stati così gentili da trovarle per me. Non si tratta di...» e fece una smorfia «... rubare! È la natura. Tra qualche anno, giusto un paio di anni prima di lasciarci le penne, questi due bambini attraverseranno quel momento estatico in cui saranno i più forti. E non è che ruberanno. Semplicemente prenderanno ciò che gli è dovuto.»

Jakob si grattò un orecchio. «E tu ci credi?» disse serio.

«A cosa?»

«A queste sciocchezze che ti escono dalla bocca. Dico, ci credi davvero o le hai imparate a memoria così, per impressionare la gente?»

Karl rise: «*Eee-eee-eee*».

Il biondo smise di sorridere. «Sei in cerca di guai?»

«Forse. Voi?»

Jakob sapeva che quelli del Reichstag giravano nella zona del Tiergarten e soprattutto che avevano una passione per i vestiti eleganti, e quei tre, chi più chi meno, erano molto più eleganti di qualunque altro ragazzino vivesse a Berlino Ovest in quel momento.

Claudia sbuffò impaziente. «Dobbiamo andare, Timo. Ci aspettano.»

Il biondo – Timo – si voltò e la osservò in silenzio, a lungo, come se d'un tratto avesse riconosciuto in lei una qualche qualità rara; poi annuì – a se stesso, non alla proposta di Claudia – e lentamente camminò nella sua direzione. Le si avvicinò tanto che le punte dei nasi si toccarono. Jakob pensò la stesse per baciare. Ma le sorrise soltanto, sghembo, e le diede da tenere la scatola di caramelle.

«Timo si è arrabbiato» soffiò Karl, sibilando come un serpente e continuando a intagliare il suo pezzo di legno. «*Eee-eee-eee.* Timo si è arrabbiato e per il soldatino di Gropius ora non c'è scampo. Faresti meglio a fuggire, sai?» Sollevò il mento e lo infilzò con gli occhi. «In un lampo.»

19

Il padre di Timo – o per meglio dire quello che lui aveva sempre creduto essere suo padre fin quando, in punto di morte, gli aveva confidato di non esserlo – nel corso della vita aveva praticato kung fu, lotta greco-romana, pugilato e per un periodo era stato gestore di una palestra a Kreuzberg.

Ma non gli aveva mai insegnato nessuna di quelle discipline.

Fino al giorno in cui, il primo anno di scuola media, Timo era tornato a casa con la camicia strappata, la guancia gonfia e una brutta escoriazione al ginocchio. Allora aveva deciso che metterlo in condizione di difendersi era uno dei suoi doveri. Il dovere di un padre. E a essere un buon padre lui ci aveva provato, tutta la vita, nonostante l'indole non fosse certo quella e nonostante i bar in cui lavorava non fossero il luogo ideale per crescere un figlio.

Al fatto, poi, che Timo non fosse *davvero* suo figlio, be', a quello Rolf non aveva mai dato importanza. I figli, pensava, sono di chi li cresce, non di chi li fa.

Fino a quel momento, Rolf non gli aveva mai insegnato nessuna delle discipline che praticava perché sapeva che spesso *saper* fare a botte significa *dover* fare a botte. Per questo l'anno che avevano trascorso tra esercizi ginnici e corse lungo il fiume, sacchi e guantoni, salti e capriole era stato condito di chiacchiere sul rispetto per gli altri e di parole come *giustizia*, *soccorso* e *necessità*.

Ma.

Prima l'incidente d'auto che si era preso Babette, sua madre, di ritorno da un concerto dei T. Rex; poi il virus che si era preso Berlino; e alla fine la scoperta della menzogna in cui aveva vissuto, che Rolf non era suo padre, avevano cancellato quei discorsi e mischiato una rabbia nuova alla forza e alla violenza.

Timo fece due passi in avanti e Jakob resistette al desiderio di farne due indietro.

«Non potremmo risolverla in qualche altro modo?» disse Jakob sfilando lo zainetto e arrotolando attorno al polso i morbidi spallacci di cuoio.

«Cosa suggerisci?» chiese Timo divaricando le gambe.

«Boh, non saprei. Ce la giochiamo alla morra cinese? Facciamo una gara di corsa?»

«Spaccarti la faccia sarà molto meno faticoso.»

«E quindi come funziona? Che se ti stendo ridate le caramelle ai bambini e li lasciate andare?»

«*Eee-eee-eee*» rise Karl.

Timo fece uno schiocco con la bocca, come un pesce.

«Dacci un taglio, Timo» disse Claudia. «O rischiamo di arrivare che è già nato.»

«Chi?» chiese Jakob.

«Non sono affari tuoi» disse Claudia. «Timo, allora?»

«Non mi va di lasciare questioni in sospeso» disse Timo. «Credo sia giusto dare al nostro amico la possibilità di fare l'eroe. Non credi?»

«Avevamo promesso di tornare in tempo.»

In quel momento il bambino che prima aveva aggredito Timo per riprendersi le caramelle si gettò a testa bassa contro Claudia, tentando di strapparle la scatola. La ragazza fece un gesto con il braccio libero, come una che disegna nell'aria, e il bambino si ritrovò con il polso stretto in una morsa e il braccio dietro la schiena; il dolore e la sorpresa furono tali che la voce gli si trasformò in un nugolo di moscerini.

Jakob scattò verso Claudia dicendo di lasciarlo stare, che gli stava facendo male e, senza rendersi conto del perché, sentì il terreno sparire da sotto i piedi. Non aveva scorto Timo muoversi e colpirgli le caviglie da dietro, con un calcio. Vide il cielo ruotare e avvicinarsi e allontanarsi, i palazzi rovesciarglisi contro, finché percepì il proprio corpo schiantarsi sul selciato e le ossa gridare in qualche punto imprecisato dello scheletro.

«*Eee-eee-eee.*»

Con uno sforzo, Jakob cancellò dalla mente sorpresa e dolore. Come ubriaco, si rialzò e cominciò a frustare l'aria con lo zaino, a casaccio, destra e sinistra, per farsi spazio. Poi lo vide. Con la coda dell'occhio, dietro di lui. Caricò la spalla e disegnò con lo zaino un semicerchio all'altezza della sua faccia.

Timo si chinò flettendo le gambe e il busto. Lo zainetto gli sfiorò i capelli e, non trovando un ostacolo, trascinò via il braccio di Jakob scoprendogli il fianco. Il calcio di Timo lo prese alto sulla schiena.

Rotolò a terra. Si rialzò.

Claudia lasciò il braccio del bambino e girò sui tacchi per andarsene.

Karl smise di intagliare il suo pezzo di legno.

«Timo» disse Claudia. «Andiamo.»

Ma Timo aveva lo sguardo fisso su Jakob. Jakob su Timo. E adesso era collera, Jakob, impulsività e desiderio di giustizia. Null'altro. Strinse le dita attorno agli spallacci e tentò di colpire Timo vibrando un rovescio orizzontale con lo zainetto. Timo lo evitò di nuovo. Allora caricò un fendente per abbattere lo zainetto dall'alto, lasciandolo cadere come una mazza.

Timo scartò di lato, perse l'equilibrio e rovinò a terra. Si puntellò al cemento con entrambe le mani, cercando di evitare i cocci di bottiglie di cui era cosparsa la strada.

Jakob caricò il braccio ancora una volta. Fece un passo avanti. Ma Timo spazzò l'aria con la gamba e lo prese sotto il ginocchio: Jakob cadde e, per proteggere la schiena e la testa, portò indietro le braccia e scaricò l'impatto sui palmi delle mani, minuscoli pezzi di vetro gli si infilarono nel guanto destro; il dolore dell'impatto fu così diffuso, dalle spalle al coccige, che delle schegge di vetro neppure si accorse.

Timo gli saltò addosso, gli si sedette sulla pancia e lo colpì con due pugni secchi e precisi sulla guancia destra. Poi un terzo, un quarto, sempre nello stesso punto. Tra la confusione che gli esplose in testa, Jakob pensò che se non avesse fatto qualcosa Timo avrebbe continuato così per sempre: a colpirlo con quieta precisione. Allora raccattò un po' di forza e piegando il braccio, con un movimento goffo e disarticolato, schiantò la mano aperta contro la faccia di Timo: uno schiaffo più che un pugno.

Lo sentì rotolare via. E gridare.

Jakob pensò che non poteva certo avergli fatto molto male da quella posizione; che non poteva essere stata la forza del colpo. Si alzò in tutta fretta, stordito dai pugni; incespicò, cadde e si rialzò una seconda volta. Sentiva la testa piena di rottami di ferro. L'occhio destro lacrimava.

Timo perdeva sangue da una serie di piccoli graffi superficiali vicino al sopracciglio.

«Ma che diavolo...» disse tamponandosi e studiando incredulo le dita macchiate di sangue. «Ma cosa...» Non capiva com'era successo, guardò Jakob come gli avesse visto estrarre un coniglio da un cappello.

Jakob strizzò gli occhi. Era stupito quanto lui. Si guardò la mano e vide le schegge di vetro infilate nel guanto. Lo tolse e si rese conto in quel momento del palmo tagliuzzato e sanguinante; sentì il dolore montare insieme a un feroce mal di testa e al pulsare della guancia.

«Come diavolo hai fatto?»

«Finiamola così...» disse Jakob inciampando nel respiro. «Occhei?»

«Mi hai ferito. Sto sanguinando.»

«*Eee-eee-eee*» rise Karl. «La faccenda si complica, adesso, soldatino di Gropius. Si complica di brutto.»

Jakob sentì la voce di Sven dire: "Rilancia, non avere paura". Raccolse le ultime briciole di coraggio e drizzò la schiena. «Ora ridate le caramelle ai...»

«Ora cosa?» lo interruppe Karl. «Ora dovresti solo scappare, se avessi un po' di cervello. Ma anche se scappi Timo ti troverà. Ovunque. Anche dentro una nebulosa. E sarà un macello.»

Jakob si voltò verso Claudia – le caramelle le aveva lei – si voltò ma non la trovò dove avrebbe dovuto essere, ossia tra Karl e i bambini dello Zoo, dove l'aveva intravista nella foga della lotta. Fu allora che percepì come un aumento di calore nell'aria – alla sua sinistra, il calore di un corpo.

Storse il collo.

Claudia gli era accanto. Tanto vicina che gli sembrò di scivolare dentro i suoi occhi, enormi e instabili come laghi in procinto di esondare.

Fu l'ultima cosa che vide.

Sentì il colpo senza vederlo partire – alla nuca forse.

La coscienza colò sull'asfalto. Poi buio. Silenzio.

20

Il Reichstag era il palazzo del Parlamento: dato alle fiamme nel 1933, uscito in macerie dalla Seconda guerra mondiale, ristrutturato negli anni Sessanta e da allora inutilizzato. L'enorme prato incolto di fronte all'entrata era diventato luogo di ritrovo per i ragazzini che ci organizzavano memorabili partite a pallone. Attorno non c'era nulla. Alle spalle, il Muro e la Spree, il fiume che attraversa la città.

Timo andava spesso lì a giocare a calcio.

Al *pratone* del Reichstag aveva conosciuto Michael e Karl. E la fidanzata di Michael, Lisbeth. Tra i ragazzi del Reichstag – si facevano chiamare così già prima del virus, avevano anche iscritto la squadra a un torneo parrocchiale con quel nome –, tra i ragazzi del Reichstag Michael, di due o tre anni più grande degli altri, era l'unico ad avere la fidanzata.

Nelle pause tra una partita e l'altra, sudati, sdraiati sull'erba, Michael e Timo sognavano di impadronirsi di quel maestoso palazzo e di farne la loro base.

"Un giorno sarà nostro" aveva detto Michael un pomeriggio di quella che – non potevano saperlo – sarebbe stata l'ultima estate innocente della loro vita, guardando il Reichstag e proteggendosi con la mano dal riflesso del sole sulle finestre.

Nel giro di pochi mesi la profezia si era realizzata.

Michael e Lisbeth, con Timo e Karl, soli, senza genitori, erano stati i primi a decidere di trasferirsi nel Reichstag. I saloni, gli uffici, i corridoi erano diventati il loro regno. Altri ragazzi e ragazze si erano uniti e avevano riconosciuto l'autorità di Michael e Lisbeth: loro erano la legge, Timo, Karl e Claudia quelli che la facevano rispettare.

Timo era il braccio destro di Michael e agli occhi di tutti il suo naturale successore. Lisbeth aveva eletto Claudia come la sua *preferita*, e aveva lavorato perché lei e Timo diventassero una coppia: e così era stato.

Quando Michael e Lisbeth, poco prima di compiere diciassette anni, si erano accorti di aspettare un bambino, avevano riunito tutti nella sala del Parlamento e avevano dato la notizia. L'emozione, sotto forma di mormorii e bocche spalancate, si era diffusa per la sala come un'onda: fra di loro era il primo bambino che nasceva dai giorni del contagio.

Adesso Lisbeth stava per partorire.

E Timo e Claudia erano tornati con un regalo.

«Caramelle» aveva detto Timo inginocchiandosi accanto a Lisbeth, sdraiata sul materasso matrimoniale più morbido che erano riusciti a trovare, coperto da lenzuola fatte bollire per ore. «Un regalo per te e per il bambino.»

«Dubito che potrà mangiare caramelle» disse Lisbeth; era sudata e respirava affannosamente. «Non subito, almeno.»

Michael rise e ne prese una. «Ci toccherà mangiarle noi. Per farci forza.»

«Cosa ti è successo?» chiese Lisbeth stringendo i denti e aggrappandosi alle lenzuola con le unghie.

Timo portò le dita ai graffi sul viso, lucenti di sangue, che Claudia aveva pulito con delicatezza. «Nulla» disse.

Lisbeth urlò.

Michael si sedette al suo fianco e le strinse la mano. Oltre a loro c'erano le due ragazze che erano state scelte, mesi prima, per assistere Lisbeth nel parto: le più grandi fra quelle del Reichstag, entrambe diciottenni. Avevano trascorso mesi in biblioteca, cercando informazioni sulle varie fasi del travaglio e imparando tutto quello che era possibile imparare da un libro; avevano studiato a memoria ogni frase, ogni illustrazione, ogni didascalia; si erano procurate tutto quello che poteva servire. Una delle due, un paio di anni prima, aveva assistito alla preparazione del parto in casa della sorella. Non al parto. Alla preparazione. Ma era già qualcosa.

All'inizio le ragazze erano tre. Ma il virus si era preso la più vecchia due settimane prima.

"Vita e morte" aveva sentenziato Lisbeth toccandosi la pancia, la sera della pira. E tutti avevano annuito.

Lisbeth urlò di nuovo.

L'urlo riecheggiò nei corridoi vuoti, attraversò gli interstizi tra le porte e s'infilò nelle crepe dei muri per piombare dall'alto, amplificato dalla volta, nella sala del Parlamento, dove tutti si erano riuniti in attesa della nascita: un centinaio di ragazzi e ragazze ordinatamente seduti uno accanto all'altro, in religioso silenzio. Nessuno fiatava, non una parola. Tutti erano stati obbligati ad andare al fiume a lavarsi, per quanto possibile; tutti si erano procurati dei vestiti nuovi nelle ville del Wannsee; e tutti si erano pettinati per l'occasione con la brillantina migliore, trovata da Karl in una profumeria di Charlottenburg.

Nella sala del Parlamento, mescolato all'odore di calcinacci, brace e sudore, aleggiava un inusuale profumo di agrumi e sandalo.

Le urla si fecero più frequenti. Alcuni tra i bambini più piccoli si strinsero alle gambe dei ragazzi più grandi. Certi si mordevano le unghie, altri tamburellavano irrequieti dentro le scarpe con le dita dei piedi, e per il resto erano solo occhi sgranati al soffitto, colmi di paura e magia.

Ancora un urlo. Un secondo. Un terzo.

Un istante di silenzio.

Poi qualcosa parve sgretolarsi nell'aria e il pianto di un bambino si librò per le stanze del Reichstag, una scossa elettrica attraversò i ragazzi riuniti nella sala del Parlamento e un urlo liberatorio, insieme a centinaia di piedi e mani battuti contro i banchi dell'assemblea, fece tremare i muri e ricacciò nei sotterranei i topi e gli scarafaggi che si erano avventurati in superficie attratti dall'insolita quiete.

21

Jakob aprì gli occhi. O per lo meno uno dei due. Quello sinistro. Perché quello destro, be', era come se qualcuno gli avesse versato sopra del miele. Pulsavano la guancia, la tempia, la mandibola. Faceva male la testa. E faceva male la mano ferita dalle schegge di vetro – saggiò il palmo con le dita per quanto fosse possibile e sentì l'appiccicaticcio del sangue.

A svegliarlo era stato un rumore sordo, come un tuono, o una mandria di bufali al galoppo; anche se lui, a dirla tutta, non è che l'avesse mai sentita, una mandria di bufali al galoppo, ma era il suono che i libri che aveva letto gli avevano insegnato a distinguere pur non avendolo mai sentito. Un rumore che faceva vibrare i muri, scricchiolare gli infissi e piovere sulla sua testa una polvere sottile.

Non ci mise molto a capire dov'era: non c'erano mobili, probabilmente bruciati nel corso dell'inverno, niente arredi pregiati e stoffe damascate, ma sapeva di essere dentro il Reichstag. La stanza era spoglia e lui era sdraiato a terra, legato: le braccia dietro la schiena, le caviglie strette da una corda.

Aveva fame e aveva sete. Si leccò le labbra.

Sentì correre fuori dalla porta. Urla, risate e tamburi.

Sì, gli sembrava fossero dei tamburi, ed ebbe l'impressione che si stesse preparando una festa.

Restò a terra così tutto il pomeriggio. Il sole cominciò a calare e alle narici gli arrivò l'odore dei fuochi. Si guardò attorno per cercare il suo zaino, ma non lo vide.

Il sole era ormai scomparso quando la porta si spalancò e un bambino di sette, otto anni con una sigaretta tra le labbra entrò nella stanza. Tirò una boccata goffa e soffiò via il fumo, subito, senza dargli il tempo di insaporire il palato; il fumo disegnò un arabesco nella striscia di luce lunare che penetrava dalle finestre.

«Non sei un po' troppo piccolo per fumare?» disse Jakob.

«Non sei un po' troppo legato per fare domande?» rispose il bambino.

Indossava dei guanti neri tagliati all'altezza delle dita, una sciarpa rossa e un cappello di lana con i paraorecchie da cui sbucavano lunghi ciuffi di capelli biondi.

«Cos'è successo?» chiese Jakob tossendo.

«Be', credo tu abbia avuto da ridire con Timo e...»

«Quello lo so. Intendo cosa sta capitando là fuori.»

«È nato Abel.»

«Chi è Abel?»

«Il figlio di Michael e Lisbeth. Il primo bambino del Reichstag.»

«Michael e Lisbeth hanno avuto un figlio?»

«Sì.»

Jakob aveva freddo, le braccia gli dolevano a causa della posizione e sentiva un formicolio tremendo alla punta dei piedi. «Senti... come ti chiami?»

«Tutti mi chiamano Verme» disse orgoglioso.

«Oh! E a te piace?»

«Sì. Perché?»

«E perché ti chiamano così?»

«Perché procuro i vermi per la pesca.»

«Anche a me piace pescare...»

«Odio pescare. Odio il fiume. A me piace andare a caccia di vermi. Mio fratello è morto affogato. È stato lui a insegnarmi a stanare i vermi.»

«Allora, magari una volta andiamo a caccia di vermi insieme. Devi essere il miglior cacciatore di vermi di tutta Berlino, dico bene?»

Verme prese una boccata dalla sigaretta, la punta rossa si illuminò per un istante. «È probabile» disse.

«Senti, Verme... posso chiamarti così anch'io?»

Lui annuì.

«Dovresti farmi un piacere. Vorrei andare a congratularmi con Michael e Lisbeth per... come hai detto che si chiama?»

«Chi?»

«Il bambino.»

«Abel.»

«Abel. Il primo bambino del Reichstag. Accipicchia, è un evento straordinario. Verme, io devo assolutamente andare a rendere omaggio al bambino. È così che si fa in questi casi... Si va a rendere omaggio. L'ho letto in un libro che parlava di cavalieri. Sai chi sono i cavalieri?»

Verme annuì.

«Ora, se tu mi sleghi e mi accompagni da Michael e Lisbeth, ecco, io sono convinto che loro ne sarebbero onorati, non credi?»

«Non dovrei nemmeno essere qui.»

«Be', ci sei. E poi tu non sei certo uno qualunque, Verme. Giusto?»

«Non lo sono affatto.»

«Lo sapevo. Tu sei uno speciale. Lo si capisce subito. Basta parlarti. Ora, se mi liberi...»

«Non posso liberarti.»

«Come non puoi?»

«Sei roba di Timo. Deve pensarci lui.»

«Oh accidenti, Verme... accidenti e ancora accidenti.

Allora vattene. Non è vero che sei speciale. Sei come tutti gli altri. Mi hai raccontato un sacco di frottole. Il miglior cacciatore di vermi di Berlino, sì... Il miglior cacciatore di vermi di Berlino non avrebbe certo paura di condurmi davanti a Michael e Lisbeth per farmi rendere omaggio al loro bambino.»

«Io...»

«Pensaci, Verme. Passiamo davanti a tutti. Con tutti che ti guardano. E io che ti cammino davanti come fossi prigioniero tuo. Che ne pensi?»

«Ora ci sono i giochi.»

«Che giochi?»

«I giochi per la festa. Le prove di forza. La lotta. Il tiro con l'arco.»

«Il tiro con l'arco di notte?»

«Nel corridoio. Illuminato dai fuochi. Faremo giochi tutta la notte.»

«E tu passerai in mezzo ai fuochi. E mi permetterai di inchinarmi davanti ad Abel. E tutti penseranno che hai fatto la cosa giusta, Verme. E persino Timo si chiederà perché non ci ha pensato lui, invece di tenermi qui a far nulla.»

Verme tirò dalla sigaretta un'altra delle sue boccate inesperte e sputacchiò il fumo dopo un secondo. Jakob s'accorse che stava cercando di immaginare la scena, perché gli occhi si muovevano frenetici, a scatti minuscoli, come quando si sta sognando. Buttò il mozzicone a terra. Avanzò di un passo.

La porta si spalancò.

Verme girò sui tacchi, pietrificato.

Karl tenne una mano sulla maniglia, aggrottò le sopracciglia e strisciò uno sguardo lumacoso in giro per la stanza. Nell'altra mano stringeva un coltello; infilzata nel coltello c'era una patata fumante. Lo stomaco di Jakob gorgogliò per la fame.

«Che stai facendo qui?» chiese Karl a Verme.

«Niente Karl» disse. «Ero solo...»

«Come andiamo, soldatino di Gropius?»

«Non c'è male, grazie.»

«Non c'è male, grazie» ripeté Karl modulando una vocetta educata. «Ma che bravo. Domani ci divertiremo un mondo, sai? Timo ci tiene a non avere conti in sospeso.»

«Davvero?» disse Jakob cercando di evitare che la paura che gli arrotolava lo stomaco trasparisse dalla voce.

Karl annuì.

«Bene.»

«Bene per noi. Per te non saprei.» Karl diede un morso alla patata che si sbriciolò sul pavimento. «Verme!»

«Sì, Karl.»

«Andiamo, lascialo stare. È notte di festa, questa. Festa per tutti.» Poi si girò verso Jakob. «O quasi.»

22

Jakob non si accorse subito del topo. Si era addormentato. Aveva sognato di essere con suo padre e sua madre al Tiergarten, il parco più grande di Berlino, lui in bicicletta e loro che si tenevano per mano; poi suo padre si era staccato e gli era corso dietro, lo aveva raggiunto ed erano caduti tutti e due sul prato, e giù a ridere. C'era il sole arancione come un tuorlo e certi stormi incredibili che disegnavano in cielo le più grandi figure.

Poi aveva aperto l'occhio sinistro e socchiuso il destro.

Vicino alla porta, dove Karl aveva lasciato cadere i pezzi di patata, c'era un'ombra più scura del buio che si muoveva a scatti e produceva un rumore disgustoso.

Jakob vide gli occhietti brillare, vide la coda; emise un rantolo di terrore e rotolò indietro, contro il muro. Il cuore cominciò a prendergli a testate il torace come per sfondarlo.

Jakob li odiava i topi.

Non c'era nulla al mondo che gli facesse più ribrezzo.

Il topo era indaffarato a rosicchiare i resti della patata e per un po' non si mosse, se non per girare attorno al cibo. Jakob non lo perdeva d'occhio, la faccia accartocciata dalla nausea. Il topo squittiva distratto dai suoi pensieri di roditore; Jakob si scoprì a riflettere su quali fossero, quei pensieri, e immaginò cose orrende.

Ricordava quando lui e suo padre avevano scoperto un grosso ratto durante il trasloco da Sonnenallee a Gropiusstadt. Nei sotterranei del palazzo ogni appartamento aveva un box fatto con della rete metallica. Stavano cercando di farci entrare quattro o cinque scatoloni che sua mamma avrebbe voluto buttare e che suo padre – il cui motto era: *non si sa mai cosa può essere utile in futuro* – si era invece ostinato a conservare.

Jakob lo stava aiutando quando aveva visto il ratto sbucare da dietro gli scatoloni. Aveva urlato. Si era arrampicato sulla rete. Il padre, prendendolo in giro, era andato via ed era tornato con una vanga trovata nello stanzino del custode. Un po' trattenendo il fiato e un po' incitandolo, Jakob lo aveva visto braccare il ratto fino a chiuderlo in un angolo. L'animale squittiva e si dimenava e alla fine si era sollevato sulle zampe posteriori e aveva mostrato i denti. A quel punto il padre aveva abbassato la pala come si fa quando si gioca a golf e l'aveva colpito, sollevandolo e mandandolo a sbattere contro il muro. Il topo era ricaduto con un tonfo e non si era più mosso. Lo aveva raccolto con la pala ed era andato a buttarlo nell'immondizia.

Quand'era tornato aveva trovato Jakob ancora appeso alla rete. "Pensi di restare lassù per sempre?"

"Ho paura."

"L'ho ucciso."

"Ce ne saranno altri."

"Milioni" aveva detto il padre. "Ovunque. In tutto il mondo."

L'immagine di un prato brulicante di ratti gli era apparsa davanti agli occhi. Aveva digrignato i denti per disfarsi di quell'orrore.

"Quindi che facciamo? Non vorrai restare lassù tutta la vita."

"Non possiamo ucciderli tutti?"

"Sono troppi. È impossibile. L'unica è affrontarli uno alla volta, a mano a mano che li si incontra. E se non li si incontra, lasciarli stare."

"Insieme?" aveva chiesto Jakob.

"*Insieme* cosa?"

"Li affronteremo insieme?"

Suo padre aveva annuito. "Sarò sempre al tuo fianco."

Jakob si era mordicchiato le labbra. "Fuori di qui, però."

"Fuori di qui" aveva sorriso il padre.

Si era accostato alla rete e Jakob era transitato sulla sua schiena senza toccare terra; gli aveva passato le braccia attorno al collo, infilato il naso tra i capelli: odore di tabacco e acqua di colonia. Stretto al corpo di suo padre, aveva pensato che da lassù avrebbe potuto affrontare qualunque cosa.

Il topo finì di rosicchiare la patata.

Alzò il muso per guardarsi attorno e squittì.

Con una serie di passi minuscoli cominciò a tracciare una traiettoria sbilenca in direzione di Jakob: prima a destra, poi a sinistra, poi indietro, poi avanti.

Sembrava lo stesse studiando.

Sembrava lo stesse accerchiando.

Si diresse verso i suoi piedi. Jakob arretrò, ma lentamente: aveva paura di spaventarlo, di vederlo drizzarsi sulle zampe e ringhiare come aveva fatto quello nelle cantine di Gropiusstadt.

Il topo percorse rapidamente tutto il perimetro della stanza, fino alla porta, poi si girò e tornò indietro.

Sta prendendo la rincorsa, pensò Jakob.

Sta prendendo la rincorsa per saltarmi addosso e mordermi la faccia.

Il topo continuava ad avvicinarsi; un metro, settanta centimetri, sessanta, cinquanta. Era a meno di mezzo metro quando la porta si spalancò. Le grida della festa fecero irruzione nella stanza. Il battere inquieto dei tamburi. La fiamma di una torcia. Il topo scattò verso un buco nel muro; ci si infilò dentro e scomparve.

«Ti disturbo?» chiese Timo.

Jakob non si sarebbe mai aspettato di poter essere felice di vedere Timo, ma qualunque cosa fosse successa a quel punto, meglio lui del topo.

«Sembri pallido.» Timo teneva bassa, distante dal corpo, una torcia che irradiava una luce tremula.

«Preso poco sole oggi» rispose Jakob.

Gettò un occhio alla fasciatura di Timo e cercò qualcos'altro da dire per continuare a segnare il territorio e fargli capire che non aveva paura, ma non gli venne in mente nulla.

«Dove stavi andando?»

«Stasera? Be', pensavo di andare al cinema, magari...»

«Oggi. Dove stavi andando?»

«Oh! Stamattina? Stamattina stavo andando a Tegel.»

«A fare?»

«Aiutare delle amiche a recuperare qualcosa che gli è stato preso.»

«Amiche?»

«Ragazze dell'Havel.»

«Ve la fate con quelle dell'Havel?»

«Noi di Gropius ce la facciamo con tutti quelli che hanno rispetto degli altri.»

«Rispetto» lo interruppe Timo. «Che bella parola. A voi di Gropius piace riempirvi la bocca di belle parole.»

«Mio padre diceva che le parole fanno i pensieri.»

«Saggio, il tuo vecchio.»

Jakob si rabbuiò. Parlare di suo padre con uno come Timo gli dava delle brutte sensazioni. «E tuo padre?» chiese. «Cosa ti ha lasciato?»

«C'è stato un uomo che mi ha lasciato questo» disse

piegando il braccio per gonfiare il bicipite. «Ma a quanto pare, non era mio padre...»

«Cosa volete farmi?»

Timo alzò gli occhi alla finestra. «Devo decidere.»

«Senti, non mi pare sia successo nulla di grave. Potremmo...»

«Chi decide la gravità delle cose?»

«Scusa?»

«Ho detto: chi decide la gravità delle cose?»

«Che domanda è chi...?»

«Io.»

Jakob deglutì.

«Chi ha il potere decide la gravità delle cose.»

«Ho fame.»

«Davvero?»

«E sete. Hai il potere di farmi avere qualcosa da mangiare e da bere?»

«Ho il potere di *non* fartelo avere.»

«Tutto il potere che vuoi. Ma se domani dobbiamo fare a botte di nuovo, o roba del genere, sarà meglio che mi regga in piedi o lo spettacolo sarà deprimente.»

Un brandello di stoffa infuocata si staccò dalla torcia e cadde a terra. Jakob lo osservò sfrigolare sul pavimento e spegnersi. Poi chiuse gli occhi, le palpebre improvvisamente pesanti – pesanti come il mondo attorno, come il giorno che sarebbe sorto, indifferente a ogni cosa, al termine della notte.

23

Non respiro.

Stava risalendo.

Non respiro.

Nuotava, sbatteva i piedi e le braccia e s'avvitava con il corpo cercando di raggiungere la chiazza di luce sopra la sua testa.

Quanto ci vuole a raggiungere la superficie?

Era come se l'acqua avesse una mano e la mano gli tappasse la bocca.

Jakob aprì gli occhi. Mugugnò.

Qualcuno gli stava *davvero* tappando la bocca. E con l'altra mano, il dito alle labbra, faceva segno di stare zitto.

Sven.

Sven tolse la mano dalla bocca di Jakob continuando a tenere un dito sulla propria. «Ora ce ne andiamo» sussurrò, girandolo per poter lavorare sulle corde con il coltello.

Una volta libero, Jakob stirò le braccia che crocchiarono dolorosamente, tastò i polsi. Oltre le finestre c'era l'alba. Sven gli prese la testa tra le mani e in silenzio sfiorò lo zigomo destro con il pollice. Storse le labbra come a dire che non era niente di grave. Jakob lo abbracciò; era così felice di vederlo.

«Usciamo» disse con un filo di voce. «Bernd ci aspetta.»

Uscirono nel corridoio in punta di piedi. Bernd era fuori dalla porta. Lui e Jakob si guardarono e in quello sguardo c'era tutto ciò che rende straordinaria l'amicizia a quattordici anni: perdono, devozione, gratitudine e impudenza.

Superarono gruppi di ragazzi addormentati. Scivolarono giù per le scale e si diressero verso il portone di servizio attraverso cui Sven e Bernd si erano intrufolati nel Reichstag.

Un istante prima di arrivarci una porta sulla sinistra del corridoio si aprì e un ragazzino assonnato barcollò fuori stringendo la patta dei pantaloni e strofinando con il dorso della mano il labbro superiore, sporco del moccio che durante la notte era colato dal naso.

Verme, pensò Jakob.

Verme, stordito dal sonno, vide il gruppetto e sorrise. «Pipì» disse.

«Anche noi» sussurrò Bernd.

Verme passò gli occhi cisposi su ognuno di loro; arrivato a Jakob si bloccò e li stropicciò tentando di richiamare qualcosa alla memoria.

«Tu sei il prigioniero di Timo.»

«Pipì anch'io» sorrise Jakob.

Verme corrugò la fronte. Guardò Sven, guardò Jakob, guardò Bernd, poi di nuovo Jakob, poi ancora Sven e ancora Jakob, e infine sgranò gli occhi. «No» disse ad alta voce. «Tu stai scappando. Tu... Voi...»

«Veloci» disse Sven. E si mise a correre.

Jakob e Bernd gli scattarono dietro.

La voce acuta di Verme esplose per i corridoi come una sirena inceppata. «Ehi! Scappano! Sveglia! Sveglia! Stanno scappando.»

E fu un immediato rumore di passi, di sedie e tavoli che venivano spostati e porte che si aprivano.

Sven, Jakob e Bernd uscirono nell'alba, la pancia delle nuvole scolpita dal sole basso, la luna farinosa in un angolo e su ogni cosa un velo trasparente di brina. Corsero rasenti al Muro fino alla Spree. Una canoa li aspettava sulla riva del fiume; Sven e Bernd l'avevano preparata prima di entrare, dopo aver reso inutilizzabili le altre. La spinsero in acqua e ci saltarono sopra.

Un gruppo di ragazzi del Reichstag sbucò dal palazzo correndo a perdifiato; davanti a tutti c'era Timo, accanto a lui Claudia.

Sven, Jakob e Bernd afferrarono un remo ciascuno e iniziarono a tirare delle gran botte all'acqua per far prendere velocità alla canoa.

Jakob sentì una fitta atroce alla mano ferita dalle schegge; strinse i denti.

Timo e gli altri, raggiunta la riva, si gettarono sulle altre canoe per metterle in acqua: fu Claudia ad accorgersi che erano state bucate e che mancavano i remi.

Timo raccolse una pietra da terra e la tirò, urlando la propria rabbia, verso i fuggitivi; il sasso li superò di mezzo metro e cadde in acqua con un tonfo. Gli altri lo imitarono. Una pioggia di sassi cominciò a piovere tutt'attorno alla canoa che, un po' grazie alle pagaiate, un po' grazie alla piena del fiume, continuava ad allontanarsi sempre di più. Una pietra colpì lo scafo; un'altra ci entrò dentro; una terza centrò Sven sulla schiena e lo fece gemere di dolore.

Poi le pietre smisero di cadere.

Bernd si voltò. «Stanno correndo via» disse. «Dove vanno?»

Sven guardò avanti, alla curva del fiume. «Corrono verso il ponte Moltke» disse. «Se non lo superiamo prima che ci siano sopra ci rovesceranno addosso di tutto...»

«Oh, brutta cosa!» fece Bernd.

Proprio in quel punto il fiume saliva a nord per tornare poi a curvare verso sud poco dopo; a causa dell'ansa la distanza via terra tra il Reichstag e il ponte era minore del tragitto della Spree per passarci sotto. Due cerbiatti si stavano abbeverando e quando videro la canoa fuggirono via. Sven tossì, era pallido e madido di sudore nonostante il freddo.

L'ansa finì dolcemente e il ponte Moltke apparve davanti a loro.

«Ci siamo» urlò Sven. «Diamoci dentro.»

Bernd pagaiava come se stesse usando il remo per spaccare il ghiaccio. Sven faticava a tenere il ritmo. Jakob faceva del suo meglio, ma si sentiva debole per non aver mangiato – quello che aveva ottenuto da Timo la sera prima era solo acqua – e oltre alla mano aveva male alle spalle e alla schiena per aver dormito legato.

«Eccoli» gridò Bernd. «Guardate.»

Non erano ancora sul ponte. Stavano raccogliendo dei massi.

Claudia si accorse della canoa e la indicò agli altri.

«Forse ce la facciamo» disse Jakob.

«Non ce la facciamo. No che non ce la facciamo» gridò Bernd.

I ragazzi del Reichstag si misero a correre. La canoa era in ritardo.

Siamo finiti, pensò Jakob.

Mancavano pochi metri al ponte quando l'aria si riempì del suono di un corno, un suono lungo e modulare.

Da un boschetto, grugnendo come se gli stesse prendendo fuoco la coda, sbucò un branco di cinghiali impazziti, che correvano come furie verso i ragazzi del Reichstag.

Qualcuno urlò, qualcuno inciampò, tutti fuggirono.

Timo e Claudia si guardarono indecisi, poi continuarono la corsa. Entrambi stringevano al petto due pietre grosse come palle da rugby. Raggiunsero il ponte, ma ormai avevano indugiato quel tanto da permettere alla canoa di sfilare via prima di poter calibrare il lancio. Le gettarono alla rinfusa. Quelle di Claudia caddero in acqua con due grossi tonfi consecutivi. Una di quelle di Timo sfiorò il remo di Sven. L'ultima mancò per un soffio la testa di Bernd schiantandosi contro il fondo della canoa.

Mentre il percorso tortuoso del fiume li portava via, lontano dai grugniti dei cinghiali e dalle grida spaventate dei ragazzi del Reichstag, Sven, Jakob e Bernd sentirono la voce di Timo urlare insulti e promesse di vendetta.

«Non ci posso credere...» disse Bernd sconvolto.

«Neppure io» rise Jakob. «Ero convinto che ci avrebbero massacrato.»

«Non intendo questo» disse Bernd.

«Cosa?»

«Guardate qui.»

Si era aperta una crepa nello scafo lì dove il masso si era schiantato. La canoa stava imbarcando acqua.

«Cavolo.»

«Verso riva» disse Sven. «Veloci.»

Ma l'acqua saliva. Saliva in fretta. La canoa divenne subito pesante e ingestibile.

«È fredda» disse Bernd digrignando i denti. «È freddissima.»

Uno scricchiolio, un gorgoglio, un istante di sospensione: giusto il tempo di rendersi conto di quello che stava capitando e il fondo della canoa si squarciò d'un colpo. E fu acqua. E freddo. Freddo da non riuscire a respirare, come se un gigante dalle braccia di ghiaccio stesse stritolando loro i polmoni. I ragazzi si ritrovarono nella Spree a dieci metri dalla riva. Si sbracciarono ma l'acqua aveva mani, centinaia di mani – come nel sogno di Jakob. Mani che premevano la faccia contro la corrente; che li trascinavano a fondo tirandoli per le caviglie; che gli infilavano le dita nelle orecchie e negli occhi impedendo di pensare.

Jakob credette di morire.

A un certo punto ne fu convinto. *Sto morendo,* pensò.

Ed era ancora immerso in quel pensiero, una specie di inconsapevole addio alla vita, quando strinse al petto una corda che qualcuno gli aveva gettato. Non si accorse di ciò che stava facendo. Fu più che altro un riflesso: il desiderio di vivere ancora. Non si accorse delle braccia che lo tiravano all'asciutto. Fu solo bianco. Un mare di latte. Nel quale si immerse prima di svenire.

24

«Buonasera, famiglia» disse il padre di Jakob di ritorno dalla redazione dell'"SO36 Express", un giornale alternativo di Kreuzberg gestito da un collettivo di dissidenti e attivisti politici che aveva sede in un palazzo occupato su Adalbertstraße. Si levò il cappello e lo appese dietro la porta. Prima di andare in cucina prese una busta dalla tasca del soprabito, la piegò a metà, e la infilò in quella interna della giacca. «Ehilà» disse scivolando nella luce calda e profumata di minestrone.

«Ehilà» disse Jakob, dieci anni, la mano contro la guancia per sostenere la fatica dello studio; aveva spostato al centro del tavolo piatto e posate per fare spazio al quaderno su cui stava finendo i compiti di aritmetica.

«Come andiamo?» Il padre gli arruffò i capelli e gli diede un bacio sulla fronte ricevendo in risposta un mugugno; si avvicinò alla moglie, la strinse da dietro e le sfiorò il collo con le labbra. «Allora? Com'è andata la giornata?»

«Non male.»

«Pulizie a casa Hartmann?»

«Già.»

«Mi piacciono gli Hartmann. Sono delle brave persone.»

«Hanno detto di portare Jakob con me, una volta o l'altra. Per farlo giocare con la figlia, Christa. Hanno la stessa età. Anche se...» rise.

«Cosa?»

«Il dottor Hartmann e la figlia sono tifosi del TeBe. Ci sono bandierine e sciarpe ovunque.»

«Il TeBe? *Bleah!*» fece Jakob infilandosi un dito in bocca e fingendo di vomitare sul quaderno di aritmetica.

«Ecco, appunto...»

«Oh be', nessuno è perfetto» disse il signor Geyer strizzando l'occhio al figlio. «E noi siamo persone democratiche, ecumeniche. Vero, Jakob? Non a tutti è palese la verità. E noi siamo ben disposti nei confronti di coloro che sbagliano o che hanno preso brutte strade, tipo...»

«Tipo tifare per il TeBe» disse Jakob.

«Tipo tifare per il TeBe» annuì il padre.

«Mamma» si accese Jakob «digli delle marionette...»

«Quali marionette?» chiese il padre.

La mamma di Jakob prese uno strofinaccio e ripassò il fondo di una pentola messa ad asciugare. «Be'... un'associazione di Rixdorf mi ha cercato. Hanno delle marionette antiche e vogliono restaurarle. Per una mostra. Mi hanno chiesto se ero disponibile a lavorarci.»

«Clara... ma è fantastico.»

«Sissì.»

«Come *sissì*?» disse il marito costringendola a posare strofinaccio e pentola e a voltarsi per guardarlo in faccia. «Niente *sissì*. Questa è una cosa da *hip hip hurrà*. Non è vero, Jakob? Hip hip...»

«Hurrà!» urlò Jakob.

«Hip hip...»

«Hurrà!»

«Hip hip...»

«Hurrà! Hurrà! Hurrà!» gridò Jakob.

«Non è niente di che, Sebastian» disse Clara. «È un lavoretto. Impiegherò un paio di settimane. E non mi pagheranno neppure molto.»

«Ma chi se ne frega della paga, Clara. Sei la migliore marionettista di tutta Berlino e questa è una notizia strepitosa...» La baciò, la trascinò via dai fornelli e la fece roteare come a un ballo e lei si fece trasportare e risero tutti insieme, anche Jakob. «Bisogna festeggiare» disse il signor Geyer.

«Usciamo a prendere un gelato?» urlò Jakob.

«Il più grosso di tutta Gropiusstadt.»

«Io cioccolato» fece Jakob.

«Solo cioccolato?»

«Solo cioccolato. Una montagna di cioccolato.»

«Una montagna di cioccolato?» disse il signor Geyer fingendo di tramutarsi lui stesso in una montagna di cioccolato e di franare addosso al figlio. Jakob si alzò dalla sedia e cominciò a correre attorno al tavolo inseguito dal padre che con voce da mostro diceva: «Ti prenderò e ti seppellirò sotto una slavina di cioccolato».

Dopo cena uscirono e presero il gelato; era maggio, una brezza fresca da sud aveva spazzato il cielo e le giornate erano lunghe, luminose fino a tardi, e profumavano d'estate. Seduto su una panchina in un piccolo parco il padre di Jakob estrasse dalla tasca interna della giacca la busta che aveva conservato gelosamente per tutta la sera, in attesa del momento giusto.

«Questo è per te» disse a Jakob. «Ossia, a dire il vero, è per noi. Ma credo faccia particolarmente piacere a te. Regalo per il tuo compleanno.»

Clara lo guardò incuriosita. Sebastian le sorrise.

«Ma il mio compleanno è ad agosto...» disse Jakob stupefatto. Passò alla madre il gelato e strinse la busta con entrambe le mani come se un colpo di vento potesse strappargliela. «Cos'è?»

«Apri.»

Jakob ubbidì e quando vide cosa conteneva un brivido gli corse giù per la spina dorsale e attraversò le ginocchia e le caviglie; scattò in piedi. «Non ci credo» disse. «Oh. Mio. Dio!»

«Sei ateo» disse il padre. «Tu non credi in Dio.»

«Mamma... biglietti, biglietti per le partite dei mondiali...»

«Le tre partite del gruppo uno all'Olympiastadion...»

«Germania Ovest - Cile» lesse Jakob con la voce che gli tremava dall'eccitazione. «Cile - Germania Est. Australia - Cile.»

«Sebastian...» disse Clara, mentre il gelato del figlio cominciava a colarle tra le dita.

«Papà, è fantastico» disse Jakob gettandosi al collo del padre.

Tornati a casa Sebastian e Clara lo misero a letto, o almeno ci provarono; stregato dalle fantasie sui mondiali di calcio, che quell'estate si sarebbero tenuti in Germania Ovest, Jakob faticava a prendere sonno. Pensava ai tifosi da tutto il mondo, alle bandiere, ai giocatori. Certo, non sarebbe stato possibile incontrarli. Due anni prima, alle Olimpiadi di Monaco, un commando terrorista aveva fatto irruzione all'interno del villaggio olimpico, e ora le misure di sicurezza sarebbero state rigidissime, così aveva detto suo padre.

«Quanto ti sono costati?» chiese Clara quando lei e Sebastian si trovarono finalmente soli in cucina.

«Be', me li hanno...»

«Non li hai avuti dal giornale, Sebastian. Almeno a me non raccontare storie. Ti staranno anche simpatici, ma all'"Express" quasi non hanno i soldi per pagarti, figuriamoci procurarti i biglietti per i mondiali...»

Sebastian si versò un bicchiere di birra. «Un amico. Lui sì li ha avuti dal giornale. Me li ha venduti per poco.»

«Un poco che possiamo permetterci?»

«Clara...»

«Vorrei saperlo, Sebastian. Visto che mi spacco la schiena tutto il giorno a pulire le case degli altri per mettere in tavola qualcosa da mangiare, per non far mancare nulla a nostro figlio e per permettere a te di fare lo schizzinoso sui tuoi datori di lavoro.»

Sebastian Geyer strizzò gli occhi, afferrò il bicchiere e bevve un sorso di birra assaporandola come se non ne avesse mai bevuta una così buona, sapeva quasi di miele.

«Quanto valgono gli occhi che aveva Jakob stasera, Clara?»

Si strinse nelle spalle e bagnò di nuovo le labbra nella schiuma della birra, era fresca e densa.

«Me lo sai dire? Perché io... be', a essere onesti, io non lo so.»

25

Jakob non pensava più a quella sera da molto, molto tempo. A quando si era alzato per andare al bagno e aveva sentito i suoi discutere in cucina e aveva avuto l'impressione che suo padre, per avere quei biglietti, avesse fatto qualcosa che non avrebbe dovuto. A quella sera, quando aveva capito quanto lo amasse. Si era rifugiato spesso in quel ricordo, i primi tempi dopo l'epidemia; poi lo aveva perso insieme agli altri che, giorno dopo giorno, gli erano scivolati via dalle tasche.

Fu felice di averlo ritrovato.

Il ricordo perse consistenza svanendo nello stesso mare di latte da cui lui, invece, stava lentamente emergendo.

Aprì gli occhi – il sinistro più del destro. Inspirò con il naso. Si riempì d'aria i polmoni. Sentiva il bisogno di provarne l'elasticità, di gonfiarli e sgonfiarli. Si accorse che qualcuno gli aveva bendato la mano. Si puntellò al materasso con i gomiti e si guardò attorno.

Non era più nella Spree; era all'asciutto, in una camera da letto. Le pareti erano spoglie e portavano i segni dei quadri scomparsi, con tutta probabilità bruciati. Su una sedia di metallo accanto a lui c'era un bicchiere d'acqua. Per terra, dall'altro lato della stanza, una pila di coperte. Afferrò il bicchiere e annusò l'acqua; gli parve buona e la bevve.

Si alzò per guardare fuori dalla finestra.

Era al terzo piano di un palazzo. Di fronte aveva la Gedächtniskirche, una chiesa semidistrutta dai bombardamenti durante la Seconda guerra mondiale che il governo aveva deciso di lasciare così, cadente e annerita, a testimonianza degli orrori della guerra. Oltre la Gedächtniskirche, una distesa di alberi: il Tiergarten. Ma prima del Tiergarten, subito dietro la chiesa, Jakob sapeva che c'era lo zoo. O per meglio dire quello che *era stato* lo zoo, visto che, dopo che qualcuno aveva aperto le gabbie, gli animali erano fuggiti.

La porta si spalancò ed entrarono due bambini: nove o dieci anni, le facce sporche di fuliggine. Uno aveva degli incisivi enormi, simili a quelli di un castoro, e un sorriso aperto che li metteva ancora più in evidenza. L'altro era accigliato, aveva gli occhi piccoli e le orecchie triangolari e rigide di un giovane lupo.

«Sei sveglio» disse Lupo.

«Stai bene, quindi» disse Castoro.

«Stavi morendo?»

«Cosa?» chiese Jakob.

«Stavi morendo? Sei quasi morto e sei tornato?»

«Be', io non...»

«Hai visto cosa c'è dall'altra parte?»

«... dall'altra parte?»

«Il paradiso» disse Castoro. «Hai visto se c'è il paradiso?»

«No. Mi dispiace» disse Jakob. «Ho solo sognato... delle cose.»

«Cosa?»chiese Castoro.

«Lascia stare» disse Lupo. «Saranno fatti suoi. Hai fame?»

«Sì ma... dove sono i miei amici? Bernd e Sven. Stanno bene?»

«Prima devi mangiare. Questo hanno detto le ragazze.»

«Quali ragazze?»

«Hai fame o no?»

Jakob annuì.

«Vieni con noi.»

Jakob li seguì nel corridoio. Poi giù per le scale. Alcuni appartamenti erano aperti e Jakob intravide materassi, coperte, giocattoli, taniche d'acqua, un albero di Natale riccamente addobbato; in uno c'era una ragazzina che danzava da sola davanti alla finestra, in silenzio, mentre il sole scherzava con i suoi capelli.

Era uno dei palazzi dei ragazzi dello Zoo, c'era già stato una volta, diverso tempo prima. I ragazzi dello Zoo avevano occupato un isolato davanti alla Gedächtniskirche dove trascorrevano le notti, e per il resto passavano il tempo dentro lo zoo a giocare e fare casino. Molti erano piccoli e quelli più vecchi non erano proprio – come dire – non erano come Sven, ecco, che si era fatto carico di governare Gropiusstadt. O come Michael e Lisbeth al Reichstag. O Chloe a Tegel. O Nora con le ragazze dell'Havel. Nessuno governava, allo Zoo. Non c'era un capo o una guida, ma solo una più o meno efficace convivenza.

Scesero le scale del palazzo e si avviarono verso lo zoo.

«Allora? Bernd e Sven?»

«Quello grande è Sven?»

«Sì.»

«Lui non sta molto bene» disse Lupo.

«L'altro invece sta benissimo» disse Castoro.

«Ma dove sono?»

«Se ne stanno occupando» disse Lupo. «Ecco il cibo.»

Vicino a un gruppo di panchine c'era un fuoco che stava sonnecchiando, la brace disperdeva un fumo chiaro. Appesa a un treppiede c'era una grossa pentola. Jakob si avvicinò per scaldarsi.

«Zuppa» disse Castoro. «Verdura, erba, radici. Cose vegetali. Non so cosa. È buono ed è caldo.»

«Lo avete fatto voi?»

«No. Le ragazze.»

«Usa questa» disse Lupo porgendogli una scodella di coccio già sporca di zuppa. «Dopo ti portiamo da loro.»

Jakob riempì la scodella fino all'orlo e ingoiò la zuppa d'un fiato. Sentì la pancia scaldarsi, un tiepido benessere sciogliere le ossa e i muscoli.

«Mi ricordo di voi» disse Jakob pulendosi la bocca con la manica. «Siete quelli delle caramelle.»

«Sei stato forte» disse serio Lupo.

«Sei stato incredibilmente pazzesco» sorrise Castoro.

«Lo abbiamo detto ai grandi.»

«I grandi?»

«I grandi dello Zoo. I vecchi.»

«Siamo venuti a cercarti.»

«Sapevamo dove ti avevano portato...»

«Ma non abbiamo avuto il coraggio di entrare.»

«Ci spiace.»

«Sì, ci spiace.»

«Però abbiamo aspettato.»

«... aspettato...»

«Tutta la notte.»

«Vi abbiamo visto fuggire.»

«Con i tuoi amici.»

«E quelli dietro... che gridavano.»

«Stavano per arrivare al ponte Moltke prima di voi.»

«Per fortuna c'erano i cinghiali.»

«Sì» disse Castoro facendo schioccare le dita, negli occhi il riflesso del fuoco. «I cinghiali.»

«Li abbiamo fatti scappare.»

«Urlando e suonando il corno.»

«E voi siete passati sotto il ponte.»

«Ma la barca s'è rotta.»

«Sì. E poi vi abbiamo portato qui.»

Jakob passava dall'uno all'altro con gli occhi, come quando si guarda una partita di ping-pong. Si riempì un'altra ciotola di zuppa; disse che erano stati bravi, molto, e che si erano sdebitati. «Ora portatemi dagli altri.»

Loro annuirono.

Tornarono dentro il palazzo. Salirono le scale fin su al quarto piano; bussarono ed entrarono senza che nessuno avesse risposto.

Jakob venne travolto dall'abbraccio di Bernd prima ancora d'aver messo piede nella stanza.

«Tutto a posto?»

«Sì. Tu?»

«Sì...» Bernd si girò verso un grande letto di ferro battuto che occupava metà della parete su cui era sdraiato Sven. Christa gli stava sostituendo una pezza sulla fronte. Nora era seduta per terra accanto alla finestra, con Britta intenta a rifarsi la treccia e con quattro ragazzi intorno ai sedici anni, quelli che Castoro e Lupo chiamavano i grandi, che Jakob aveva già visto in passato, gente dello Zoo. Sven era madido di sudore; e tossiva e gemeva come se qualcosa lo stesse divorando dall'interno.

Jakob gli andò vicino e gli strinse la mano.

Sven deglutì e girò gli occhi senza muovere la testa. «Ehilà» disse.

«Ehilà» ripeté Jakob.

Sven cercò di dire qualcos'altro, ma gli uscì solo un rantolo soffocato.

«Battaglia?» disse Jakob.

Sven sorrise fragile, girò gli occhi nelle orbite e mosse una mano; Jakob capì che stava dicendo che tanto quelli mica sapevano giocarci, a Battaglia.

«Nessuno sa giocare a Battaglia» sussurrò Jakob. «Solo noi.»

26

«Pensavo foste già arrivate a Tegel» disse Jakob prendendo posto accanto al fuoco.

Christa infilò le dita in un vasetto di vetro, prese della polvere bianca e la gettò sui tizzoni: mosse come da un vento interno le fiamme si colorarono di viola.

«Ehi! È bellissimo. Come hai fatto?»

«Cloruro di potassio» disse Christa. «L'ho trovato di sopra, in una cucina. Mio padre lo faceva sempre quando andavamo in campeggio. Sapeva colorare il fuoco anche di blu e di verde.»

Jakob strinse le ginocchia al petto e studiò il profilo di Christa disegnato dal fuoco. «Perché siete ancora qui?»

«Ci siamo arrivate, a Tegel. Due sere fa e...»

«E...?»

«C'erano questi enormi fuochi vicino agli hangar. E suoni, di tamburi, ma non solo tamburi. Altri suoni, non so, metallici. E un odore strano, quasi dolce. Stavano tutti al centro della pista, e danzavano...»

«Danzavano?»

«Tipo» disse Christa. «Si muovevano, gesticolavano, le braccia al cielo. Siamo entrate piano piano e abbiamo iniziato a cercare Theo, ma qualcuno ci ha visto. Hanno dato l'allarme e hanno iniziato a urlare e a inseguirci, a tirarci addosso i sassi con le fionde. Ci siamo messe a correre. Abbiamo corso tanto che per poco non ci scoppiavano i polmoni, finché non siamo arrivate a un hotel e Nora ci ha trascinato dentro. Siamo salite per le scale, e loro dietro che non ci mollavano. Io non ce la facevo più, per fortuna però a Nora è venuta un'idea delle sue: la porta dell'ascensore era aperta, ma l'ascensore non c'era... è entrata, si è appesa alle corde, ha fatto segno a me e a Britta di seguirla e siamo scivolate giù. Giusto in tempo. Abbiamo sentito i loro passi nel corridoio, avanti e indietro, avanti e indietro. Non si davano pace. Così siamo state zitte e ferme, fino a quando non è più arrivato nessun rumore. Allora ci siamo tirate su a sbirciare... e se n'erano andati davvero.»

«Wow» disse Jakob senza riuscire a staccarsi dal profilo di lei.

«E a quel punto, cosa potevamo fare? Siamo tornate qua, per chiedere a qualcuno dello Zoo di aiutarci, ma anche loro non vogliono. Tutto, ma non Tegel, dicono. E poi ci siamo fermate per te.»

«Per me?»

«Eravamo qui quando sono arrivati quei due ragazzini a raccontare che qualcuno del Reichstag li aveva maltrattati e aveva rubato non so cosa, che uno di Gropius di nome Jakob li aveva difesi, che c'era stata una lotta e che lo avevano portato via. Allora abbiamo deciso di aspettare... E stamattina vi hanno portato qui, con Sven che stava malissimo. Nora ha detto che io un po' ne so di medicina e insomma, eccoci qui. Quindi, grazie. In ogni caso.»

«Per cosa?»

«Perché sei partito per venirci ad aiutare. Bernd ci ha raccontato tutto.»

«Figurati, io...»

«Dico sul serio.»

«Solidarietà e collaborazione» disse Jakob.

«Già» annuì Christa.

Il calore del fuoco bruciava la faccia, ma la schiena restava fredda: a Jakob piaceva quel contrasto. Christa gettò un'altra manciata di polvere di potassio tra le fiamme, che tornarono a tingersi. Entrambi risero. Jakob chiese se poteva provare. Christa allungò il barattolo. Jakob lanciò la presa di polvere sui tizzoni con tre dita come per un incantesimo; uno sfrigolio allegro precedette la mutazione delle fiamme. Poco lontano un gruppo di bambini giocava con delle maschere da carnevale, s'inseguivano alla luce della luna indossando volti di pagliacci e mostri e supereroi e bersagliandosi di palline di Natale che esplodevano disseminando schegge di vetro.

«Ti ricordi quella volta che sono venuto a casa tua?» disse Jakob.

«Sì. Ricordo che abbiamo subito litigato...»

«Proprio così...»

«Per la questione delle squadre.»

«Ci credo. Avevi tutta la stanza tappezzata di poster del TeBe.»

«E tu eri venuto apposta con il cappellino dell'Hertha.»

«Mia madre aveva provato in tutti i modi a farmelo togliere. Diceva che era una scortesia...»

«Tua madre era simpatica.»

«Te la ricordi?» chiese Jakob.

«Certo. A volte la aiutavo a fare ordine in camera mia. Ricordo che mi ha insegnato a lavare i vetri con la carta dei giornali.»

«Era uno dei suoi trucchi preferiti.»

«I miei le erano affezionati.»

«E di loro, dei tuoi genitori... ti ricordi bene che faccia avevano?»

«Scherzi? Certo che me le ricordo. Tu no?»

«Io, quando cerco di concentrarmi sulla loro faccia, la vedo tutta sfocata. A volte vado a casa a guardare le foto.

Però sento le loro voci. E ogni tanto, nell'aria, mi sembra ci sia il profumo dei vestiti di mia madre.»

«Non lasciar svanire i ricordi» mormorò Christa. «Sono state le ultime parole di mio padre...»

Jakob afferrò un ramo e lo infilò tra le fiamme.

Christa strinse le ginocchia al petto. «Dissero che avremmo continuato a riempire la terra di storia e il tempo di vita.»

«Tu ci credi?»

«A cosa?»

«All'antidoto» disse Jakob. «Che sia possibile combattere il virus.»

«Mio padre ne era sicuro. È morto cercandolo.»

«Ma noi come facciamo a trovarlo?»

Christa prese un po' di polvere di potassio e la lanciò nel fuoco. Crepitio, fiamme viola.

Una bambina venne a sedersi accanto a loro, indossava una maschera da Braccio di Ferro e una tuta da sci rosa piena di buchi; si accucciò sui talloni a guardare il fuoco. «Hai fatto una magia» disse.

«Chimica» rispose Christa. «È solo scienza.»

Lanciò una presa di polvere nella brace e la bambina sussultò e rise.

«La scienza è la vera magia.»

27

La mattina dopo, entrando nella stanza di Sven, Jakob si sorprese nel vederlo seduto sul letto, la schiena contro il muro, intento a sorseggiare una tazza di zuppa. Era pallido e aveva l'aria stanca, ma non si contorceva più sotto le coperte. Nora, Christa e Britta erano lì, in un angolo. La bambina con la maschera da Braccio di Ferro stava disegnando degli alberi sulla tappezzeria, con i gessetti.

Per Jakob fu come emergere da un buco profondo e pieno di ombre.

«Stai bene! Pensavo che...»

«Sì» disse Sven sollevando la mano per bloccarlo. «So cosa pensavi. Invece sembra che il virus si diverta a prendermi in giro. Appare, scompare, si nasconde. Va' a capire. Ciò che conta è che sono...»

«Sven!» urlò Bernd entrando. «Non sei morto.»

«... che sono ancora a qui a badare a voi marmocchi.»

«Accidenti» disse Bernd. «Stai battendo ogni cavolo di record.»

«Faccio del mio meglio.»

«Appena te la senti di camminare» continuò Bernd «torniamo a Gropius e lì potrai riposare. E poi scommetto che i rossi staranno aspettando il tuo ritorno per la rivincita sui verdi. Sei l'unico arbitro di cui si fidano. E i cacciatori mi staranno insultando perché non sono lì a fare la mia parte, ma se hanno di nuovo preso dei gatti...»

«Appena me la sento, *non* torniamo a Gropiusstadt, Bernd.»

Bernd ammutolì.

«Appena me la sento» proseguì Sven «andiamo a Tegel.»

«Cosa? Ma se...»

«Jakob aveva ragione» disse Sven guardando Jakob negli occhi. «Se possiamo fare qualcosa per aiutare le ragazze a recuperare Theo, lo faremo. È nostro dovere.»

La porta si aprì ed entrarono Lupo e Castoro. Lupo aveva in mano uno zainetto.

«Il mio zainetto» disse Jakob.

«Ieri abbiamo scordato di dartelo» disse Castoro. «Quelli del Reichstag lo avevano gettato via.»

Jakob lo aprì e ci guardò dentro. L'unica cosa rimasta era il libro. *Il signore delle mosche.* Non c'era più il cibo e nemmeno il coltellino; ma era felice di aver recuperato il libro.

«Quindi qual è il piano?» chiese Bernd.

«Entrare. Prendere Theo. Uscire» disse Britta sospirando. «Possibilmente senza che nessuno ci senta...»

«Geniale. Non sarà troppo elaborato?» fece Bernd.

«Idee migliori?» chiese Nora. «Sven c'è già stato, dentro il terminal. Sa come muoversi.»

«L'ultima volta che siamo stati a Tegel, Sven ha dovuto chiudermi in uno sgabuzzino per evitare che mi facessi ammazzare» disse Jakob. «E con noi c'era Rudi. E Rudi non è più tornato indietro. Non sarà facile.»

«Non sarà facile, ma ce la faremo» disse Sven.

«Se agiamo di nascosto non pensate che possano vendicarsi, o che tornino a riprenderselo?» chiese Jakob.

Christa annuì. «Tu cosa suggerisci?»

«Di entrare nell'aeroporto a testa alta. Di contrattare.»

«E cosa potremmo dargli in cambio?» chiese Nora.

La domanda aleggiò sulle loro teste per alcuni minuti.
La bambina che stava disegnando gli alberi aveva finito i tronchi e ora stava colorando le chiome; erano di un giallo acceso con delle strane lingue viola che sbucavano tra i rami.

«Cosa sono quelle?» chiese Britta.

«Il fuoco della chimica» disse la bambina; si girò a indicare Christa. «Lei sa fare le magie con la scienza.»

28

Dallo Zoo a Tegel erano circa due ore di cammino attraverso la città, in direzione nord. Decisero di passare da Charlottenburg per tenersi il più lontano possibile dal Reichstag, di attraversare la Spree sul ponte vicino al castello, di seguire il fiume fin dove incrociava il canale Westhafen e di costeggiare il parco Jungfernheide; dopo il parco, superato un secondo canale, una decina di minuti soltanto li avrebbe separati dall'aeroporto.

La temperatura era salita, ma il cielo si era coperto; come se un vulcano avesse eruttato e la cenere fosse rimasta sospesa sopra la città. Non c'era vento e tutto appariva piatto e sterile. A mano a mano che si avvicinavano a Tegel le finestre delle case avevano sempre più spesso i vetri rotti a sassate, i muri dei palazzi erano macchiati da schizzi di vernici gialle e rosse e blu, e il silenzio per le strade era più profondo che mai. C'erano carcasse di auto date alle fiamme; un teschio di cinghiale conficcato su un palo; un negozio di abiti d'epoca era stato preso d'assalto e i vestiti penzolavano come fantasmi dalle inferriate e dai balconi.

«Sembra che si divertano, da queste parti» disse Christa rabbrividendo.

«Orribile» disse Britta.

«Ricorda un po' camera mia» sorrise Bernd. «Quando

stavo in Baviera. Era un casino simile. Mia madre non faceva altro che urlare: fai ordine, Bernd, fai ordine o ti mando a dormire nella porcilaia, che tanto è uguale.»

Sven camminava piano, appoggiandosi a un bastone, e tutti mantenevano il suo passo. Si schiarì la gola. «Il problema di mia madre, invece, erano i fumetti. Diceva che se fosse scoppiato un incendio il fuoco avrebbe consumato la casa in un minuto.»

«Cosa leggevi?»

«Il mio preferito era "Batman".»

«Il mio "Tarzan"» disse Jakob.

«Avete mai letto "Felix"?» chiese Bernd. «Il mio gatto si chiamava Felix. Ma non era nero. Era rosso e bianco.»

«"Felix" lo leggeva mio padre in bagno» disse Nora.

«"Felix" è vecchio» sbuffò Jakob. «Chi è che legge ancora "Felix", oggi?»

«Io» disse Bernd.

«È un gatto nero. E i gatti neri portano sfortuna» disse Britta.

Bernd roteò gli occhi nelle orbite. «Ma figurati, è solo una...»

«Guardate» fece Jakob. «Un gatto nero.»

Tutti si voltarono verso il punto che Jakob stava indicando, un muretto di pietra dietro cui si celava un cortile occupato per buona parte da un grosso albero. Il gatto sonnecchiava in cima al muretto, tra due vasi, e non sembrava averli notati.

«Lo abbiamo evocato.»

«Non mi piace affatto questa cosa» disse Britta.

Sven batté il bastone per terra, il gatto aprì un occhio ma non si mosse.

«Non ti facevo così superstiziosa, Britta» sorrise Nora riprendendo a camminare.

«Non sono superstiziosa. È un dato di fatto. I gatti neri portano sfortuna.»

«Non portano sfortuna» disse Bernd. «In Egitto i gatti erano sacri e anzi portavano fortuna, anche quelli neri. Così sacri che in caso di incendio venivano salvati prima di qualunque membro della famiglia e di qualunque oggetto. Così sacri che quando un gatto moriva, i suoi padroni si rasavano le sopracciglia e suonavano il gong per esprimere il loro dolore. E credevano che esistesse un aldilà anche per i gatti e perciò li mummificavano, facevano il funerale, e nelle tombe mettevano delle ciotole per il latte e piccoli topi mummificati e...»

Il suono di un tamburo, sordo e potente, si alzò all'improvviso.

L'aria sembrò trasformarsi in polvere.

Parlando, avevano superato il canale e la massa esagonale dell'aeroporto si stagliava di fronte a loro, alla fine di un lungo viale spoglio.

Il tamburo suonò di nuovo e tutti sentirono un brivido lungo la schiena.

«Spero sia solo morto un gatto» disse Britta.

29

Si decisero per un giro largo attraverso i cortili e i campi che costeggiavano la pista di atterraggio. Di tanto in tanto sentivano il rimbombo di un tamburo provenire dalla zona degli hangar. Si tenevano bassi, per non farsi scorgere e si gettavano a terra ogni volta che un rumore faceva sospettare la presenza di qualcuno.

Raggiunto un basso fabbricato a pochi metri dalla rete dell'aeroporto, all'estremità della pista di rullaggio, salirono sul tetto e si sdraiarono pancia a terra a studiare la situazione.

Il terminal principale era composto da un enorme corpo esagonale di un centinaio di metri per lato, da cui si staccava un ulteriore braccio – come un manico per una racchetta da ping-pong – che si affacciava sulla torre di controllo, alta il doppio.

Era metà pomeriggio e l'aeroporto sembrava deserto. C'erano un paio di ragazzi, al centro della pista di rullaggio, che dopo aver sistemato delle bottiglie a una spanna di distanza l'una dall'altra ed essersi allontanati di una decina di metri cercavano di colpirle con una fionda; delle ragazze sedute a terra attorno a un fuoco spento parlavano tra loro, spazzolandosi i capelli tinti con colori improbabili; due cani sonnecchiavano legati a una scaletta d'imbarco.

«Ci servirebbe un binocolo» disse Jakob.

«Un binocolo? Io ce l'ho un binocolo. Eccolo» disse Britta aprendo il suo zainetto.

«Tu hai un binocolo?» disse Christa. «Perché non ce l'hai detto prima?»

Scosse le spalle. «Non me l'avete mai chiesto.»

Jakob lo prese, scrutò ogni anfratto, poi scosse la testa. Passò il binocolo a Bernd che dopo un po' lo mise giù dicendo: «Nulla. Dove saranno tutti gli altri?».

«Staranno dormendo» disse Sven. «Di solito stanno svegli di notte.»

«E noi che facciamo?»

«È il momento giusto per andare a cercare Theo. Vedere dove lo tengono. E se è possibile... prenderlo e scappare.»

«Quindi la decisione è questa?» disse Jakob.

«In che senso?»

«Avevamo detto che agire di nascosto, insomma, potrebbe scatenare delle ritorsioni. Che tornerebbero a riprenderselo. L'altra possibilità è entrare nell'aeroporto a viso aperto. Contrattare.»

«Il problema resta cosa potremmo dargli in cambio» disse Christa.

«Anch'io la pensavo così, Jakob. Ma dopo averli visti l'altro giorno, ecco, adesso preferisco rischiare la loro vendetta che mettermi a discutere con quella gente» disse Nora. «Se torneranno, ci difenderemo.»

Sven poggiò la fronte contro il dorso delle mani, il naso a sfiorare il catrame; a Jakob sembrò pallido come non mai, e gracile, come se il virus lo stesse risucchiando, un millimetro di pelle alla volta. Sven stette lì a riflettere in silenzio per un po', poi: «Faremo come dice Nora» disse sollevando la testa. Si guardò attorno. Un raggio di sole era riuscito a penetrare le nuvole andando a sbattere contro la torre di controllo, un corvo gli danzò dentro gracchiando. «Ma non ha senso muoverci tutti insieme» continuò fissando il corvo. «Andremo solo io e Nora. Voi aspetterete qui...» Si voltò per raccogliere il consenso con lo sguardo. «D'accordo?»

Nora annuì.

«No» disse Jakob. «No che non siamo d'accordo. Sei stanco. Sei malato. Andrò io insieme a Nora.»

«Io ci sono già entrato...»

«Anch'io ci sono già entrato.»

«E conosci perfettamente uno sgabuzzino al secondo piano.»

«Ma...»

«*Ma* niente, Jakob. E poi non è solo questo. Sai che io e Chloe ci conosciamo. E se le cose si mettessero male, potrebbe tornare utile. Dico bene?»

«E noi? Che dovremmo fare? Star qui e fare un sonnellino?»

«Qualunque cosa facciate, Jakob... basta che la facciate in silenzio.»

Jakob sbuffò.

«Sentite, se torniamo con Theo, bene. Se torniamo senza Theo, decideremo cosa fare. Se non torniamo... be', se non torniamo, sarebbe gentile da parte vostra venire a cercarci. Occhei?»

Tutti annuirono.

«Andiamo?» disse rivolto a Nora.

«Sono pronta.»

Nora e Sven, senza aggiungere altro, sgattaiolarono indietro e scesero dal tetto. Bernd rotolò sulla schiena e allargò le braccia. Christa e Britta lo imitarono. Jakob era arrabbiato per essere stato escluso dall'azione: in fondo erano lì grazie a lui, e poi odiava macerare nell'attesa. Si rimise a caccia d'indizi con il binocolo: studiò finestre, ingressi, hangar e dopo un po', annoiato dall'assenza di movimento, si accasciò come gli altri, affondando gli occhi nel cielo grigio e lasciandosi sedurre dalle forme sinuose delle nubi.

30

Nel settembre del 1975, mentre il virus si stava diffondendo e l'emergenza veniva raccontata sui principali quotidiani con parole attente, per informare la popolazione delle procedure di quarantena – a nessuno era consentito lasciare Berlino Ovest – e per attenuare i toni apocalittici che spesso la gente usava per strada, ecco, mentre quei giorni cupi si srotolavano sulla città, Christa aveva smesso quasi del tutto di vedere i suoi genitori.

Il dottore e la dottoressa Hartmann avevano trasformato l'ospedale nella loro nuova casa. Christa li sentiva rientrare a tarda notte, parlare a bassa voce, svestirsi e passare in punta di piedi a baciarle la fronte. Lei li attendeva sveglia e a volte correva a infilarsi nel loro letto, come non faceva più da anni.

Un giorno era sdraiata per terra ad ascoltare i Pink Floyd insieme ad Angela, quando era squillato il telefono.

"Potresti dire ad Angela di portarmi quel plico di fogli che ho dimenticato sul tavolo?" aveva chiesto sua madre.

"Te li porto io" aveva detto lei.

"No. Non uscire di casa, Christa. Mi hai sentito? Dillo ad Angela."

Christa aveva posato il telefono, era volata in cucina, aveva afferrato tutti i fogli che aveva trovato e, giusto il tempo di strappare via la giacca dall'appendiabiti, era corsa fuori. Angela aveva cercato di fermarla senza riuscirci, chiedendole dove stesse andando.

"Una commissione per mia madre" aveva urlato lei per le scale.

Raggiunta la Klinikum Steglitz si era diretta al terzo piano, nel reparto di ostetricia. La madre di Christa da ragazza era stata una promettente violinista, ma poi aveva dovuto lasciare per dedicarsi a medicina, in modo tale da non contrariare suo padre, il nonno di Christa, famoso chirurgo – il violino era una passione che avrebbe lasciato in eredità alla figlia.

L'ospedale era un putiferio. Da quando la quarantena si era dimostrata insufficiente a contenere l'epidemia e il virus aveva contagiato migliaia di persone, era stato riaperto e preso d'assalto.

Gente che correva, gente che gridava. Fiale e scatole di medicinali trasportati su carrelli traballanti. Di solito una ragazzina di dodici anni sarebbe stata fermata, le avrebbero chiesto chi era e dove andava, ma quel giorno attraversò i reparti e salì le scale come fosse invisibile.

Arrivata nel reparto di ostetricia – un lungo corridoio ingombro di macchinari, grandi stanze dalle pareti bianche e spoglie e un odore pungente di disinfettante nell'aria – vagò in cerca della madre e la trovò china su un letto, impegnata a cambiare una flebo a una ragazza che la osservava quieta manovrare attorno al braccio carezzandosi la pancia. Christa notò che tutte quelle donne incinte avevano un'aria sana e fresca e che emanavano una pace che contrastava con il caos e la morte attorno.

«Christa!»

Vide sua madre andarle incontro.

«Cosa ti avevo detto?»

«È che... Angela non poteva... l'ha chiamata la signora Weiss. Così sono venuta io.»

«Lo vedo che sei venuta tu.»

«Ecco...» e le allungò il plico di fogli.

La dottoressa Hartmann prese i documenti sospirando. «Non è il momento di fare di testa tua, Christa. È una cosa grave quella che sta capitando, hai capito? E dobbiamo essere prudenti.» Poi la strinse a sé e le baciò i capelli. «Mi sono spiegata?»

«Sì.»

«Ora torna a casa. Ci vediamo dopo.» Un'infermiera si avvicinò alla dottoressa Hartmann, le diede un faldone e sussurrò qualcosa che Christa non capì. La dottoressa annuì e fece per seguirla. «Christa» disse, «aspetta un istante. Devo darti una cosa.»

Sul comodino della ragazza cui sua madre stava cambiando la flebo c'era un mazzo di fiori coloratissimi. Christa si avvicinò. La ragazza se ne accorse. «Annusali» disse sorridendo. «Ti farà dimenticare l'odore di questo posto. Solo per un attimo, ma è già qualcosa.» Rise e Christa pensò che era davvero bella.

Annusò i fiori. «Sanno di estate. E di mare.»

«Proprio così.»

«Te li ha portati il tuo fidanzato?»

«Mia sorella Nora.»

«Hai una brava sorella. Io non ho una sorella, neppure un fratello.»

«Ti piacerebbe?»

Christa annuì. «Aspetti un bambino, vero?»

«Vieni qui, dammi la mano.»

Christa si avvicinò al letto e offrì la destra alla ragazza, che la prese e la guidò verso un punto preciso della pancia. Sentì qualcosa muoversi sotto la pelle, una protuberanza, due colpi consecutivi.

«Credo sarà un maschio» disse la ragazza. «Sentito che calci?»

«Speriamo tifi per il TeBe» disse Christa. «Come lo chiamerai?»

«Theo. Come Thelonious Monk, il jazzista preferito di mio padre.»

«Ti piace il jazz? Io suono il violino» disse Christa orgogliosa.

«Be', il violino non è uno strumento molto jazz... Ma a me la musica piace tutta.»

«Sei sicura sia maschio?»

«A dire il vero no. Non ho voluto saperlo.»

«Se è femmina?»

«Non ci ho pensato granché, sai. Tu come ti chiami?»

«Christa. Christa Hartmann.»

«La figlia della dottoressa?»

«Sì.»

«Tua madre è una donna straordinaria.»

Christa sorrise. «Lo so.»

«Christa è un bellissimo nome. Se avrò una figlia la chiamerò come te.»

«Davvero?»

«Davvero.»

«Christa...» la voce della mamma arrivò alle sue spalle. «Tieni» sussurrò porgendole una cartellina di pelle verde con una scritta latina impressa sul fronte, che diceva: TECTA LEGE LECTA TEGE.

«Ehi! Questa è mia...»

«Già, peccato che tu non l'abbia mai usata. È rimasta sulla scrivania a prendere polvere dal giorno del compleanno. Non ricordo neppure chi te l'ha regalata...»

«Neanch'io.»

«Tecta Lege Lecta Tege. È un motto così bello.»

«Cosa vuol dire?»

«Dottoressa Hartmann!» urlò qualcuno nel corridoio. «Dottoressa Hartmann!»

«Poi te lo spiego. Ora portala a casa e mettila dove sai.»

«Intendi...»

La dottoressa Hartmann portò un dito alle labbra e strizzo l'occhio. «Fa' come ti dico. Saluta Julia e vai. E non perdere tempo per strada.»

«Va bene» disse Christa. «Ciao, Julia. Spero di vederti ancora.»

«Lo spero anch'io, Christa. Un giorno verrò a farti conoscere Theo.»

Christa allungò la mano sulla pancia, nel punto di prima. Theo stava ancora scalciando.

31

«Dove diavolo sono finiti?» disse Jakob afferrando un pugno di pietrisco e lanciandolo giù dal tetto.

«Saranno passate due ore» disse Bernd.

«Anche di più» disse Britta, la voce tremolante. «Cosa facciamo?»

Jakob prese lo zainetto, il sole stava tramontando nascosto dalle nuvole e si era alzato un vento aspro. «Io dico di andare a cercarli. Sven non ha detto quanto avremmo dovuto aspettare. Sarebbero già dovuti essere di ritorno, non credete? Christa?»

«Sono d'accordo.»

«Allora andiamo.»

Si mossero in fila come formiche, scesero dal tetto del basso fabbricato e, strisciando contro il muro di mattoni, raggiunsero un ampio terreno incolto che attraversarono chini, nascosti dai cespugli. Raggiunsero delle casette di servizio. Stavano per coprire un secondo tratto in direzione del terminal viaggiatori quando delle voci risuonarono vicino a loro. S'immobilizzarono.

«... da prendere per la festa, mancano ancora delle corde» disse una voce.

«Non so dove siano.»

«Ehi, non sei stato tu a metterle via, la volta scorsa?»

«Bisogna chiederlo a Barth. Io non c'entro.»
«Gotz è stato il primo...»
«Io? Ma cosa dici?»
«Piantatela voi due. State sempre a frignare. La risolviamo o andate voi a dirlo a Chloe che non le abbiamo trovate?»
«Da questa parte.»
«Ti seguo.»
«Quello sai fare. Seguire. Mai che ti venga un'idea tua.»
«Aspetta aspetta, mi è venuta un'idea. Un'idea tutta mia. Ora ti spacco la faccia. Che ne pensi?»
«Ehi, ma la finite?»
Le voci svaporarono e Jakob, Bernd e le ragazze, rannicchiati, smisero di distinguere le parole; restò solo un vago prurito nelle orecchie.
Jakob fece segno di muoversi. Girò l'angolo per primo, e senza avere il tempo di capire cosa fosse successo, si ritrovò sdraiato a terra con la faccia schiacciata in una pozza gelida
«Oh! Siete voi» disse una voce conosciuta.
Le mani lasciarono la presa e Jakob si tirò su, la faccia grondante fango e acqua sporca.
«Scusa» disse Sven a bassa voce.
«Ma che diamine ti prende?»
«Mica lo sapevo che eri tu...»
«Mi hai fatto male.»
«Pensavamo vi avessero catturato» fece Bernd. «Eravamo preoccupati. Dov'è Theo?»
«Lo abbiamo visto» disse Nora.
«Come sta?» chiese Christa.
«Credo bene. Stava giocando con una bambina della sua età, in una stanza al primo piano del terminal.»
«Perché non l'avete portato via?»
«Perché tutt'attorno c'era gente.»
«Quindi?» chiese Britta.

«Quindi dobbiamo aspettare che s'addormentino» disse Christa. «Lo portiamo via mentre dormono. Come hanno fatto loro. Aspettiamo domani?»

«Sì. La mattina» suggerì Bernd. «La mattina dormono di sicuro.»

«Non possiamo» Nora scosse il capo. «Stasera capiterà qualcosa...»

«Qualcosa cosa?» chiese Britta.

«Ne stavano parlando» disse Sven. «Dicevano che stanotte avrebbero fatto una festa...»

«Una Festa della Morte» aggiunse Nora. «L'hanno chiamata così.»

Britta rabbrividì come se qualcuno le avesse infilato un cubetto di ghiaccio nella maglia.

«Cos'è?» chiese Jakob aggrottando la fronte.

Sven posò gli occhi a terra. «Come quella volta con Rudi...»

«Cioè?» chiese Bernd.

«Prove di coraggio, di forza. Dipende. Quello che è certo è che c'è sempre qualcuno che ci rimette la pelle.»

«E questo ha a che fare con Theo?»

«Non lo sappiamo» disse Nora.

«Ma perché lo fanno?»

Sven si strinse nelle spalle. «Perché non hanno niente da perdere.»

«Tranne la vita» sogghignò Jakob.

«Sanno che non gliene resta molta e quindi non gli interessa.»

«Che sciocchezza» sbuffò Bernd.

«Non per interrompere la vostra appassionata discussione» disse Christa. «Ma si può sapere cosa avete intenzione di fare?» Affondò gli occhi prima in quelli incerti di Nora, poi in quelli sfiniti di Sven.

Sven toccò con la punta delle dita la pozza dove prima aveva immerso la faccia di Jakob. «A dire il vero non lo sappiamo.»

«Come, non lo sapete?» Il viso di Christa si chiazzò di stupore. «E cosa accidenti avete fatto per due ore?»

«Siamo entrati e usciti senza farci vedere, Christa, ecco cosa. E abbiamo studiato la zona. Ma questo non vuol dire che abbiamo una soluzione. Chi pensi che siamo, spie russe, vietcong? Ora ne parliamo insieme e vediamo di venirne a capo, va bene?» Sven aveva alzato la voce e quando tacque si creò una bolla di silenzio, dentro la quale ciascuno di loro cercò di catturare eventuali segnali di pericolo, congelò il respiro, attenuò il fruscio dei vestiti e lo scricchiolio dei movimenti, tese le orecchie – nulla, solo il vento e il grido di un falco, distante.

«Scusa» disse Christa con un filo di voce.

L'incapacità di trovare una strategia che li convincesse fece sprofondare ciascuno nei propri pensieri.

Poi, a un certo punto, fu Bernd a dire: «Io un'idea ce l'avrei».

32

Wolfrun stava facendo degli esercizi di yoga. Glieli aveva insegnati una delle inservienti che giravano per casa sua quando, con i genitori e la sorella maggiore Dorothea, viveva in un enorme e lussuoso appartamento su Charlottenburger Ufer. La donna era indiana, spargeva per la casa odore di mare e oltre a praticare lo yoga sapeva preparare una certa pietanza della sua regione a base di pesce e curry, di cui i suoi genitori andavano pazzi e che lei invece odiava.

Ma se è per questo, non le piacevano neppure le merende nelle caffetterie cui sua madre la costringeva strizzandola in vestitini ridicoli; e lo sguardo acido di suo padre ogni volta che in situazioni mondane – come uno spettacolo alla Deutsche Oper – non camminava con la schiena dritta o non salutava le persone in modo consono; per non parlare di come avevano trattato sua sorella quando era andata via di casa per unirsi alla Kommune I.

Nella vita di Wolfrun c'erano sempre state più cose no, che cose sì.

Una delle cose sì era lo yoga.

Le piaceva sentirsi consapevole del proprio corpo, padrona delle ossa e dei muscoli, agile e asciutta come un predatore – come una lince, diceva. Le piaceva convogliare la sua energia in un punto preciso del corpo e lasciarla esplodere.

«Al fuoco!» urlò qualcuno. «Al fuoco!»

Wolfrun, in bilico sulla testa, scattò in piedi rovesciandosi sul pavimento; corse verso uno dei finestroni del terminal e guardò in direzione della pista. Una baracca di legno, non lontana da una macchia di alberi secchi, forse un vecchio deposito abbandonato, era divorata dalle fiamme. Il vento spostava le lingue di fuoco in direzione degli alberi. In un attimo fu giù per le scale e poi fuori, insieme a tutti gli altri: chi prendeva dei secchi senza sapere dove recuperare l'acqua necessaria, chi accorreva anche solo per godersi lo spettacolo, chi applaudiva. C'erano gesti sguaiati e risate stupide tra i riccioli di brace che il vento trasportava via con sé.

«Che facciamo?» chiese Bartholomäus, accorso con un secchio vuoto.

«Potremmo pisciarci sopra» fece Caspar. «Che dici, inizi tu?»

«Lasciamolo bruciare» disse Wolfrun. «Che ce ne frega di 'sto rudere?»

«Ma se prendono fuoco gli alberi?»

«Vorrà dire che la nostra Festa della Morte sarà la festa più spettacolare della storia, ecco cosa» disse Chloe facendosi largo tra la folla di ragazzini incantati dalle fiamme e infilando le dita nei capelli verdi per scompigliarli. Si avvicinò alla baracca fino a quando il calore divenne insostenibile e restò lì finché il maglione non cominciò a fumare e la pelle del viso a puzzare di carne arrosto.

«Come sarà successo?» chiese Bartholomäus.

Qualcuno non sentì neppure la domanda, altri si voltarono cercando nelle facce dei vicini una risposta. Ma in fondo chi se ne frega di com'era successo. Il mondo è misterioso. Il mondo può prendere fuoco da un momento all'altro – dare la vita e toglierla.

Bartholomäus pensò che una volta tanto non era colpa sua. Si guardò attorno in cerca di Gotz per dirglielo, sapendo che lui avrebbe trovato modo di insultarlo ugualmente. Lui e Gotz si prendevano in giro di continuo. Per ognuno le offese dell'altro erano indispensabili come per i facoceri rotolarsi nel fango. Barth torse il collo per individuarlo nella folla dei ragazzi di Tegel. Infilò lo sguardo ovunque.

Gotz non c'era.

33

Non ci avevano impiegato molto Jakob e Bernd a dare fuoco alla baracca mentre gli altri, nascosti dietro a una fila di container arrugginiti, aspettavano di entrare nel terminal da un ingresso secondario. Avevano setacciato gli edifici lì vicino e avevano infilato tutta la carta in due grossi sacchi. Britta, che aveva insistito per andare con loro, aveva tirato fuori un accendino.

"Sei meglio di Eta Beta" aveva commentato Bernd con ammirazione.

Quando il fuoco aveva iniziato a mangiare il legno delle pareti, avevano raggiunto il gruppo e, non appena quelli di Tegel se n'erano accorti e si erano riversati in massa sulla pista, erano sgattaiolati dentro il terminal.

«Da questa parte» sussurrò Sven.

Salirono al secondo piano utilizzando una scala di sicurezza. In silenzio attraversarono un lungo corridoio oltrepassando gli uffici e controllando che dentro non ci fosse nessuno; alle pareti c'erano mappe del mondo piene di polvere, modellini di aerei sugli scaffali, e sulle scrivanie piccoli souvenir di metallo e di plastica.

«Theo e la bambina sono in quella stanza là in fondo» disse Sven.

In quel momento sentirono un rumore metallico provenire dall'ala sinistra del corridoio. Si gettarono dentro una delle stanze, si accucciarono a terra e trattennero il respiro. Il clangore risuonò ancora. Poi ancora una volta. Poi silenzio. Attesero un paio di minuti e nulla accadde. Sudavano, nonostante il freddo di quegli uffici abbandonati.

«Andiamo» sussurrò Sven. «Non c'è nessuno.»

Fecero un'ultima corsa silenziosa ed entrarono nella stanza dove un paio di ore prima Sven e Nora avevano visto Theo.

Theo si trovava lì. Insieme ad Anneke.

Erano soli.

Quando vide le ragazze, Theo sgranò gli occhi e allargò un sorriso che illuminò ogni cosa. Lui e la bambina erano chiusi in un recinto di transenne di metallo legate tra loro con delle catene. Theo si alzò da terra e offrì le braccia. Nora corse alle transenne, lo sollevò e lo strinse al petto baciandogli la testa. Christa e Britta si allacciarono a loro in un groviglio di mani e braccia che le scaldò dentro, come avessero ingoiato il sole.

«E questa cos'è?» disse Nora cacciando le lacrime che le stavano offuscando gli occhi; tra le dita stringeva una ciocca di capelli di Theo dipinta di rosso.

«Mi piacciono le *mèches* rosse» commentò Britta. «Stanno bene sui capelli scuri, non trovate?»

«Ora però è meglio andare» disse Sven.

«Cosa facciamo della bambina?» chiese Christa.

Anneke era seduta in un angolo, avvinghiata a un grosso orso di stoffa quasi più grande di lei; sorrideva tranquilla.

«Non possiamo portarla via» disse Nora. «Scateneremmo il finimondo. E io non voglio altri guai con questa gente.»

Christa si girò a guardarla. «Mi dispiace» disse con un filo di voce.

Fu a quel punto che la porta – l'unica della stanza – quella da cui erano entrati, si chiuse di botto. Jakob le si avventò contro tirando e scuotendo la maniglia. «Non si apre» urlò.

Sven e Bernd lo raggiunsero, tirarono tutti e tre, tirarono e spinsero – ma nulla, la porta era bloccata. Sul muro c'era una striscia di vetro satinato che lasciava permeare nel corridoio la luce della stanza, le cui larghe finestre si affacciavano su quello che era stato il parcheggio dell'aeroporto. Un'ombra apparve dietro il vetro. Nora la indicò.

I ragazzi si allontanarono dalla porta.

«Facci uscire» urlò di nuovo Jakob. «Hai sentito? Facci uscire, altrimenti...»

«Altrimenti cosa?» disse l'ombra.

Jakob batté un pugno contro il vetro. «Altrimenti spacco il vetro, esco e ti riempio di botte. Hai capito?»

L'ombra rise. «Tu intanto provaci. Io torno subito.» E se ne andò.

Jakob si girò per cercare qualcosa con cui aggredire il vetro. Gli altri fecero lo stesso, affannandosi a guardarsi attorno. Ma non c'era nulla di utile. Solo le transenne legate tra loro, e quindi inservibili, un divanetto viola con i cuscini celesti, una serie di materassi accatastati contro il muro e i giochi di Anneke: cubi di plastica variopinta, bambole senza testa o senza braccia, una lavagnetta con i gessetti colorati.

«Che accidenti facciamo?» disse Bernd.

«Maledizione» urlò Jakob percorrendo la stanza a grandi passi; raggiunto il recinto afferrò una manciata di gessetti e li lanciò contro il vetro. «Stramaledizione.»

Theo frignò.

«Così lo spaventi» disse Nora.

Britta si lasciò cadere seduta sul divanetto, sguardo attonito e mani tra le ginocchia. Sven trasse un respiro profondissimo. Nora si strinse Theo contro il petto come per proteggerlo da un vento improvviso, il tipo di vento che solleva polvere e la lancia negli occhi – gli sussurrò parole dolci che erano rivolte anche a se stessa.

34

Gotz non era sceso insieme agli altri a godersi l'incendio. Era impegnato ad arrotolare del filo spinato attorno a un pesante bastone di legno in vista della festa di quella sera. C'era da attorcigliare il filo al bastone in modo omogeneo e da fissarlo bene, ché non si srotolasse; c'era da avvolgere un nastro di gomma attorno al manico, come quello delle racchette da tennis; c'era un sacco di roba da fare, insomma, perché a tutti piacciono le feste, ma non a tutti piace prepararle – lui, invece, in questo era il migliore.

Si era preso un momento di pausa per curiosare dalla finestra l'evolversi delle fiamme, quando aveva sentito delle voci nella stanza di Theo e Anneke. Si era avvicinato a quattro zampe per non fare rumore e sbirciando dalla porta socchiusa per un attimo aveva faticato a credere ai suoi occhi: come c'erano entrati quelli nel loro aeroporto? Nessuno aveva mai osato profanarlo.

Era bastata una spinta per chiudere la porta che – Gotz lo sapeva bene – si poteva aprire solo dall'esterno; l'aveva modificata lui quando Anneke aveva cominciato a camminare e il recinto di transenne non c'era ancora.

"Facci uscire" aveva urlato uno di quegli impudenti. "Hai sentito? Facci uscire, altrimenti..." e si era scagliato contro il vetro battendo il pugno.

Gotz aveva riso ed era corso fuori.

Quel gruppo di mammolette non sarebbe riuscito a rompere il vetro, ma non voleva rischiare, così corse più veloce che poteva e intercettò Wolfrun e Chloe che stavano rientrando nel terminal.

«Sorpresa...» disse ansimando.

«Odio le sorprese» disse Wolfrun.

«Di che parli?» chiese Chloe.

«Sopra...» Indicò le scale. «Havel... di nuovo quelle tre... ci sono anche dei ragazzi...»

Chloe e Wolfrun non persero tempo a chiedere o a pensare, divorarono gli scalini due alla volta. Gotz le seguì. Nel frattempo erano arrivati gli altri e ci fu un gran fracasso per le scale: commenti sull'incendio, su cos'altro stava capitando e su come quel giorno sembrava un baule pieno di meraviglie.

«Dov'eri finito?» chiese Barth raggiungendo Gotz intento ad armeggiare con la porta della stanza di Theo e Anneke. «Ti cercavo, ti sei perso una...»

«Taci, Barth» disse Gotz.

«Ma cosa... perché ci...»

«Taci, Barth!» urlarono Gotz e Wolfrun insieme.

Caspar schiacciò il viso contro il vetro satinato, le mani a parentesi ai lati degli occhi, e gli parve che nella stanza non ci fosse nessuno. Stava per dirlo quando Gotz girò la maniglia, la porta si spalancò e il divano violetto gli si rovesciò in testa. Sven e Jakob lo avevano appoggiato alla porta in modo tale che, come un ponte levatoio, crollasse addosso a chi l'avesse aperta.

Wolfrun fece un salto indietro.

Sven e Jakob saltarono sopra il divano – Gotz era rimasto incastrato sotto e mugolò – e usandolo come trampolino si gettarono a corpo morto sui ragazzi di Tegel accalcati nel corridoio. Li colsero di sorpresa. Si trovarono a rotolare a terra, scalciando e lottando in un groviglio di gambe e braccia. Un naso si ruppe. Un dente saltò.

Bernd corse dietro a loro cercando di fare la stessa cosa, calpestare il divano e lanciarsi, ma Caspar lo trascinò giù agguantandolo per la giacca e lo inchiodò al pavimento.

Le ragazze tentarono di svicolare nel caos, senza farsi notare, ma Nora aveva Theo in braccio e temeva si facesse male, così fu semplice per i ragazzi di Tegel, richiamati dalle urla e dalle imprecazioni, bloccare ogni via di fuga e impedire loro di scendere le scale.

Dopo aver speso ogni goccia di energia nella prima baruffa, Sven era stato stretto in una morsa dolorosa da uno più giovane di lui ma pesante il doppio, che ora gli stava torcendo il braccio e stritolando il collo tra le cosce.

Jakob fu quello più difficile da fermare. Ma alla fine lo presero in quattro e un quinto gli si sedette sullo stomaco.

D'un tratto, così com'era cominciato, lo scontro finì.

La fuga era fallita.

La polvere sollevata dalla lotta danzava nella luce che permeava dalle finestre.

«Chi si rivede» disse Chloe rivolta a Nora, e poi avvicinandosi a Sven e chinandosi su di lui con feroce soddisfazione: «E guarda che regalo mi avete portato».

Sven riusciva a malapena a tenere gli occhi aperti. Era paonazzo.

«Lascialo» disse Chloe al tizio che lo stringeva.

Quello allentò la presa. Sven riprese a respirare. Tossì con violenza portando una mano al collo.

«Pensavo fossi già morto» disse Chloe stupita.

«E invece...»

«Che il virus avesse fatto il suo dovere.»

«In compenso ci stava pensando il tuo gorilla.»

«Ti è sempre piaciuto fare l'eroe.»

«Avete qualcosa che ci appartiene.»

«Da queste parti nessuno appartiene a nessuno.»

«Bene. Allora se non ti spiace ci portiamo via Theo.»

«Il Nato dalla Morte? E priveresti la piccola Anneke del suo nuovo compagno di giochi? Che essere crudele, Sven.»

«Possiamo prendere anche lei, se vuoi.»

«Anneke non va da nessuna parte» ringhiò Wolfrun.

«Sentito?» disse Chloe.

«E il Nato dalla Morte resta con noi. Anneke ha bisogno di compagnia.»

«E poi c'è la festa...» sorrise Chloe. «Vorrete mica andarvene senza festeggiare?» Alzò gli occhi verso Caspar. «Chiudeteli da qualche parte. È bene che riposino.» Poi, rivolta a Sven, gli occhi due buchi neri: «Meglio per voi essere in forma, stanotte».

35

"Per voi contano solo le regole" aveva urlato Wolfrun ai suoi genitori, in lacrime, sputacchiando e perdendo moccio dal naso, il giorno in cui era morta sua sorella Dorothea.

Dorothea aveva tredici anni più di lei e un'overdose di eroina se l'era presa la notte di Natale pochi mesi prima che lo facesse il virus, pochi mesi prima che il virus si prendesse tutti, compresi gli aristocratici e imperturbabili signori Ziegler. I migliori genitori al mondo, a sentire loro; perché in grado di soddisfare qualunque bisogno delle figlie – qualunque bisogno *materiale,* avrebbe detto Dorothea – dalle scuole migliori alle relazioni più prestigiose. Ma soprattutto perché esempi di coerenza e rispetto delle leggi.

"Per voi contano solo le regole, le vostre stupide tradizioni e nient'altro" aveva gridato Wolfrun.

"Non è vero" aveva detto sua madre con un tremito impercettibile.

"Sei ingiusta" aveva sentenziato il padre. "Ingrata. E ingiusta."

In effetti no, non era vero. Nella scala dei valori dei signori Ziegler c'era posto anche per l'amicizia, per la bontà, per la libertà, l'eguaglianza, l'ascolto, la compassione. Solo, infinitamente in basso. Così in basso che la emme e la zeta dell'amicizia si erano sgretolate; così in basso che della libertà era rimasta una sola sillaba; così in basso che uno spesso strato di polvere aveva sotterrato l'ascolto e la compassione insieme all'affetto delle figlie.

Di Wolfrun e Dorothea il signore e la signora Ziegler, entrambi avvocati, credevano di sapere tutto, o per lo meno tutto ciò che serviva, e invece non sapevano nulla. I voti a scuola, sì. La bellezza, sì. Che Dorothea fosse portata per il teatro e le arti e Wolfrun per la danza e l'equitazione, be', questo sì. Ma nient'altro. Non le paure, non la rabbia, non la soffocante inquietudine causata da quel mondo di stucchi e cioccolate con panna.

Quella che conoscevano era la maschera indossata dalle figlie in pubblico, o durante le silenziose cene in famiglia, o persino quando incrociavano i genitori davanti alla porta del bagno – un sorriso cortese e via.

Dorothea aveva fatto in tempo a ribellarsi.

Era andata via di casa, aveva abbandonato gli studi imposti dai genitori per dedicarsi alla drammaturgia, la sua grande passione, e preso parte alla Kommune I, la prima comune di Berlino, sorta nel quartiere di Moabit; aveva sperimentato modelli di vita alternativi basati sulla condivisione e sulla comunione, incontrato alcuni tra i maggiori rappresentanti della controcultura, intellettuali come Enzensberger e musicisti come Jimi Hendrix; aveva gettato in strada copie del *Libretto rosso* di Mao dalla sommità della Gedächtniskirche.

Wolfrun era troppo piccola per quella rivoluzione. Il tempo della sua rivoluzione era questo, diceva lei. Solo che era una rivoluzione vuota. Nera. Contro chi, come i ragazzi di Gropius, desiderava replicare la società dei genitori con le sue regole e i suoi ruoli. Contro chi sentiva la nostalgia di una vita lunga. Della vecchiaia.

Carne giovane, pericolo, eccesso: ecco la rivoluzione di Tegel, la loro risposta alla crudeltà del destino. Il loro modo di negare che il virus avesse spento una stagione straordinaria della vita, quella in cui la forza del corpo viene sostituita dalla consapevolezza e dall'esperienza.

Wolfrun stava riflettendo su tutto ciò dalla sommità piatta, esagonale del terminal, osservando il fumo salire dai resti della baracca, mentre il sole affondava in un tramonto livido, come avessero preso a bastonate il cielo.

Attorno fervevano i preparativi per la festa. Una catena umana portava l'acqua a secchiate dal canale a un container al centro dell'area esagonale che Caspar e Gotz avevano reso impermeabile; i fuochi venivano accesi, le funi calate dalla torre di controllo, le ruote dei pattini controllate e la brace rovesciata a formare una lunga striscia.

Quando tutto fu pronto, Chloe diede ordine di suonare un grosso tamburo nero; il popolo di Tegel lasciò qualunque cosa stesse facendo e si radunò sul tetto del terminal. Ogni mormorio cessò. Chloe guardò la massa informe di ragazzi come per controllare che non mancasse nessuno; li scrutò cercando di ognuno gli occhi, anche di quelli più lontani. Il silenzio portò lo scricchiolio degli alberi e della ruggine. I piccoli trattennero il fiato e strinsero le sciarpe. I grandi annusarono l'aria per distinguere i diversi odori: petrolio e legna, sudore e liquami.

Poi, quando fu certa che ogni sua parola sarebbe arrivata alle orecchie di tutti: «Andate a prendere i prigionieri» ordinò.

E ciò che esplose fu un unico, accorato urlo selvaggio.

36

L'urlo arrivò alle loro orecchie attutito da metri e metri di cemento armato, così come il rombo dei terremoti si propaga attraverso le fratture della terra.

Li avevano chiusi in una stanza troppo piccola e si erano ritrovati strizzati gli uni agli altri in un intrico di gambe e braccia. La testa di Britta china sulla spalla di Bernd. La mano di Nora stretta in quella di Christa. Christa schiacciata tra Nora e Jakob – che avrebbe voluto stringerle l'altra mano, ma non osava.

«Non sarà lo stesso sgabuzzino in cui ti avevo chiuso io?» chiese Sven.

Jakob si guardò intorno. «Potrebbe.»

«Cosa ci faranno, adesso?» piagnucolò Britta.

«Dubito che ci invitino a cena» disse Bernd sconsolato. «E invece io ho una fame. Nessuno ha qualcosa da mangiare?»

«In caso non te ne fossi accorto, Bernd, ci hanno preso gli zainetti» disse Christa. «Dove pensi che lo teniamo il cibo, in tasca?»

«Chi può dirlo?» disse Bernd sospirando. «Le vie del cibo sono infinite.»

Sven fece per aggiungere qualcosa di divertente per smorzare la tensione, ma le parole gli si strozzarono in gola. Prese a tossire. Bernd cercò di dargli delle pacche sulla schiena.

«Ci vorrebbe dell'acqua» disse Britta.

«Ci vorrebbe che uscissimo di qui» disse Nora. «Non si respira.»

Sven impiegò una decina di minuti a riprendersi; nessuno parlava, lo fissavano tutti senza sapere cosa fare finché con la voce spezzata fu lui a dire: «Smettetela di guardarmi. Mi dà fastidio».

Gli occhi di ognuno si sganciarono all'istante e vagarono come detriti in cerca di un punto su cui posarsi; ma non c'era spazio in quello sgabuzzino, neppure per uno sguardo indifferente; e la paura stava consumando l'ossigeno.

Ciascuno si perse nei propri pensieri: ricordi del mondo di prima, luoghi e situazioni piacevoli. Avevano imparato a evocare immagini terapeutiche, immagini-salvagente che li tenevano a galla quando sentivano di affondare: il volto dei genitori, per quanto sfocato; la scuola, che non gli era mai sembrata così desiderabile; una festa di compleanno.

Nora si chiese cosa stesse facendo Theo.

A un certo punto Jakob drizzò la schiena. «Sta arrivando qualcuno.»

La porta si aprì con cautela per accertarsi che non avessero architettato qualche nuovo scherzo come quello del divano – cosa per altro impossibile visto che lo stanzino era vuoto.

Era Caspar. Alle sue spalle c'erano Gotz, Bartholomäus e un gruppetto di ragazzi, tra cui quello enorme che aveva quasi strangolato Sven.

«La festa sta per cominciare» disse Caspar con un sorriso febbricitante e gli occhi a spillo. «Mancate solo voi.»

Li fecero uscire a uno a uno e li condussero in fila indiana lungo il corridoio. Poi su per una scala di emergenza. Avrebbero anche potuto cercare di scappare, in un paio di punti, ma scappare voleva dire abbandonare Theo. E non era pensabile.

Quando sbucarono sul tetto del terminal, a stupirli fu la folla di ragazzi e il mormorio sacrale che li accolse; erano in tanti, più di quanti pensassero, e li osservavano come se non avessero mai visto altri esseri umani prima di allora. La danza caotica dei falò disegnava sulle facce ombre malvagie e affascinanti. In cielo, neppure una stella.

«Venite avanti» disse Chloe. I fuochi di Tegel le coloravano metà del viso lasciando al buio l'altra.

Wolfrun era un passo indietro, braccia incrociate. Theo e Anneke, avvolti nelle coperte, erano stati sistemati dentro due carrelli della spesa, cullati dal tepore delle fiamme. I ragazzi di Gropius, con Sven in prima fila, si avvicinarono. Le ragazze dell'Havel subito dietro.

«Ci siamo» urlò Chloe indicandoli. «È l'ora della Festa della Morte.»

La folla esplose in grida e ululati, i pugni rivolti alle nubi.

Chloe brandì il bastone avvolto da filo spinato, il simbolo della Festa della Morte, per imporre il silenzio; quando ci furono solo il sussurro del vento e il crepitare della brace, gridò: «Sia dato inizio ai giochi».

Di nuovo la folla esplose.

«E a cos'è che giochiamo?» disse Sven, forte abbastanza perché tutti lo sentissero.

La gente tacque.

«Nascondino? Morra cinese? Biglie?»

«Qualcosa di meno infantile, Sven» disse Chloe. «E poi...» ghignò «già i giochetti che facevamo al Sound erano più interessanti di quelli che hai appena elencato, non credi?»

«I tempi del Sound non esistono più.»

«Infatti. E i giochi sono cambiati.»

«Chloe...» Sven abbassò la voce e avanzò verso di lei.

Caspar fece segno con la mano di fermarsi. «Chloe, la vita è già abbastanza difficile così com'è, in questo nuovo mondo, senza complicarla ancora di più, non ti pare? Lasciaci andare via con Theo. Ognuno faccia la sua vita. Senza disturbare gli altri. Che dici?»

Chloe scosse la testa, i capelli verdi crearono per aria una corona di clorofilla e rise sonoramente. «Ognuno faccia la sua vita, non disturbiamoci... Ma ti ascolti quando parli? Apri gli occhi, Sven! Il mondo di prima è scomparso, volatilizzato» si soffiò sulle dita e le aprì come per liberare delle farfalle. «Per sempre. Non c'è più niente da sperare e da fare, se non goderci la libertà che quel mondo, il mondo di prima, ci ha sempre sottratto. Solo questo, Sven. Guardati attorno, guarda...» Chloe spiegò le braccia come ali. «Niente adulti, niente genitori, niente polizia. Niente *fai questo* e *fai quello*. E tu...» lo indicò «tu, Sven, stai per morire...» Il fuoco illuminò il sorriso malato di Chloe che brillò nel buio. «Accettalo. Cancella il passato. Dimentica il futuro. Esiste solo il qui e l'ora. E ora... è tempo di giocare.»

La folla esplose in un applauso fragoroso.

«Gli proponiamo Battaglia?» sussurrò Bernd sbottando in una risata nervosa.

Jakob avanzò portandosi al fianco di Sven. «Ho una richiesta» disse.

Il popolo di Tegel tacque. Chloe fece segno che era autorizzato a parlare.

Sven lo fissò, chiedendosi cosa avesse in mente.

«Faremo qualunque cosa ci chiederete...» disse Jakob.

«Sei gentile a farcelo sapere, ma non era nostra intenzione darvi la possibilità di scegliere, temo.»

Tutti risero. Chloe alzò il braccio e tornò il silenzio.

«Faremo quello che ci chiederete» riprese Jakob «ma sarà molto più divertente per tutti se ci giochiamo qualcosa.»

Un mormorio attento si sollevò come un nugolo di mosche sopra la folla.

«E cosa?» chiese Chloe.

«Mettiamo in palio un premio.»

«Non ci sarà nessun premio» disse Wolfrun portandosi dove le fiamme potevano illuminarla. «Farete quello che vi diremo di fare e l'unico premio, per voi, sarà poterlo raccontare domattina, sempre che...»

«Aspetta...» la interruppe Chloe. Raggiunse il bordo della balaustra e si rivolse ai ragazzi assiepati sul tetto, centinaia di occhi di bambini e adolescenti, facce sporche e capelli incrostati, vestiti puzzolenti e guanti tagliati all'altezza delle dita, in modo da non doverseli togliere mai. «Che ne pensate?» disse. «Vogliamo una sfida con un premio?»

Subito nessuno rispose. Poi qualcuno disse: «Sì, premio» a bassa voce. E un altro: «Premio» un po' più forte e in pochi istanti tutti cominciarono a urlare: «Pre-mio. Pre-mio» in coro, scandendo le sillabe e battendo i piedi per terra.

Chloe alzò il braccio. Tornò il silenzio. «Che premio sia, allora...» disse.

Urla. Applausi.

Wolfrun si voltò verso Chloe. «I premi li decidiamo noi, però.»

«No» gridò Jakob. «Ciascuno decide il proprio. Che ce ne facciamo di un premio che non ci interessa? Dov'è il divertimento, in questa vostra festa? Nel rischiare la pelle facendo giochetti idioti? Giochiamoci qualcosa di valore, e allora sì che ci sarà da divertirsi.»

Wolfrun scattò in avanti come stesse per saltargli addosso. «Voi state...»

«Wolfrun!» gridò Chloe.

La ragazza si bloccò e si girò verso Chloe.

«Io credo abbia ragione.»

«Ma...»

«Lasciamogli scegliere ciò che vogliono.»

«A meno che...» disse Jakob «Wolfrun abbia paura di perdere.»

Wolfrun spalancò occhi che contenevano scintille e stormi d'uccelli. «Implorerai pietà» sussurrò.

«Quale sarà il vostro premio?» chiese Chloe.

«Se vinciamo, ce ne andremo di qui con Theo» disse Jakob.

«Bene. Se vinciamo noi» disse Chloe, tranquilla, «andremo tutti insieme a dare fuoco allo stupido castello bianco sull'Isola dei pavoni.»

«Non potete» urlò Christa. «Voi non...»

«E per quanto riguarda voi di Gropius, voi andrete via e ci lascerete i vostri palazzi. Gropiusstadt mi è sempre piaciuta e forse, per noi, è ora di cambiare posto, non credete?»

Un urlo di gioia irradiò il tetto esagonale del terminal.

«Ora» disse Bernd «sarà meglio che la vinciamo, 'sta sfida.»

37

Caspar spiegò che le prove sarebbero state cinque e indicando Gotz e Bartholomäus urlò: «Ed ecco la prima». I due si spostarono aprendosi come un sipario e una decina di metri dietro di loro apparve una lunga striscia di brace. «I carboni ardenti!»

Un rombo di tuono attraversò la folla dei ragazzi, assiepati sul tetto del terminal.

«E quindi?» chiese Britta.

«Si tratta solo di fare una passeggiata» disse Caspar. «Da una parte all'altra. Scalzi.»

«Scalzi?» ripeté Bernd impallidendo. «Non sta dicendo sul serio, vero?»

Caspar estrasse dalla tasca della giacca un sacchetto di pelle e lo sollevò in modo che tutti riuscissero a vederlo. «Questo sacchetto contiene cinque pietre bianche e una nera» gridò. «Chi estrarrà la pietra nera dovrà sottoporsi alla prova. Chi si offre?»

Nessuno mosse un muscolo.

«Allora? Codardi, chi dimostra di sapersi divertire davvero, eh? Chi si fa avanti?»

Gli occhi dei ragazzi di Tegel si spostavano inquieti da Caspar ai bagliori rossastri della brace che evocavano immagini di ustioni e piaghe. Era evidente che chiunque si fosse azzardato a mettere anche solo un piede lì sopra avrebbe visto le unghie fondersi, le dita arrostire e non avrebbe camminato per il resto della vita. Era impossibile, roba da maghi e fachiri. Un suicidio.

«Tu» disse Caspar indicando un ragazzetto smilzo con un grande naso in prima fila.

Quello sbiancò e si indicò con il pollice.

«Vieni avanti.»

Nessuno fiatava. Il ragazzo dal grande naso fece un passo in direzione di Caspar, poi si fermò.

«Vieni qui, ho detto» urlò Caspar.

Il ragazzo impiegò un tempo lunghissimo a coprire una decina di metri e vedendolo strusciare i piedi e aprire e chiudere gli occhi come per capire se la brace era vera – forse nella speranza di vederla sparire – tutti ebbero l'impressione che stesse per svenire. Arrivato a due passi da Caspar si fermò.

Caspar slacciò il sacchetto, lo aprì e glielo avvicinò.

Il ragazzo infilò una mano tremante nel sacchetto, come se contenesse degli scorpioni; tastò a lungo le pietre cercando di capirne il colore al tocco. Ne scelse una. La tenne chiusa nel pugno per alcuni istanti. Poi ruotò la mano e l'aprì.

«Bianca» urlò Caspar.

Nessuno disse nulla, nessuno applaudì. Il ragazzo inspirò ogni molecola di aria che il suo grande naso poteva raccogliere, chiuse gli occhi come per ringraziare e consegnò la pietra a Caspar, che non la rimise nel sacchetto, in modo da aumentare le possibilità che fosse estratta la nera. Il ragazzo tornò dai compagni. Caspar indicò una ragazzina dagli occhi lunghi e stretti che senza tergiversare si avvicinò e prese una pietra.

«Bianca» urlò Caspar.

La ragazzina ruotò sui tacchi soddisfatta.

«Tu» disse Caspar. «Laggiù in fondo. Con la bombetta.»

Toccò a un'altra ragazza che indossava un buffo cappello inglese, che quasi si mise a piangere nell'infilare la mano – bianca anche la sua. Quindi a un tipo con un sorriso strafottente che quando vide la pietra sul palmo della mano anticipò Caspar voltandosi verso la folla e urlò: «Nera».

La gente di Tegel sospirò di sollievo come un unico organismo e si spellò le mani dagli applausi, invocando il nome del ragazzo: Jorg.

«È il vostro turno» disse Caspar rimettendo tutte le pietre nel sacchetto e indicando Sven. «Cominciamo da te.»

«Non c'è bisogno» disse Christa con voce ferma.

Tutti si voltarono a guardarla.

«Comincio io.»

Senza attendere un gesto d'approvazione si sedette per terra e cominciò a slacciarsi le scarpe.

Un brivido d'eccitazione percorse la folla.

«Sei sicura?» disse Nora accucciandosi al suo fianco. «Non...»

«Stai tranquilla» disse Christa strizzandole l'occhio.

Nora alzò lo sguardo verso i compagni e vide sulle loro facce lo stesso stupore.

Anche Jorg si tolse le scarpe e lui e Christa, entrambi scalzi, si avviarono in direzione della brace. Christa aveva freddo ai piedi. Pensò che era una cosa buona, ma anche che doveva stare attenta a non bagnarli. Lo strato superiore della brace era scuro, raffreddato dal contatto con l'aria, ma sotto la superficie l'incandescenza divampava violenta, magmatica, tra arancioni, gialli e bianchi luminosi come lampadine.

«Chi comincia?» chiese Jorg.

«Prima tu» disse Christa.

«Come vuoi» fece lui scrollando le spalle. «Tanto è solo questione di velocità. E io sono senza dubbio più veloce di te, ragazzina.»

Christa annuì. «Hai ragione. È solo questione di velocità.»

«Sei pronto?» chiese Caspar.

Jorg fece alcuni passi all'indietro per prendere la rincorsa. La striscia di brace era lunga una decina di metri; pochi secondi e sarebbe stato dall'altra parte. Alla luce dei falò vide risplendere una pozza d'acqua sul cemento; ci mise i piedi dentro immaginando di fare una cosa intelligente, e impegnato a sguazzare non si accorse del sorriso sottile di Christa. Quindi si molleggiò sulle gambe per saggiarne la tenuta, in cerca di potenza e stabilità, alzò le braccia al cielo per chiamare a sé l'urlo della folla, che rispose invocando il suo nome, sollevò il mento e partì.

Gli ci vollero non più di sei falcate per raggiungere la striscia. Altre due per trasformarsi in una maschera di dolore.

A causa del peso e dell'irruenza, sia con il primo passo sia con il secondo era affondato nella brace un paio di centimetri; quel tanto che era bastato a certi piccoli tizzoni incandescenti per infilarsi tra le dita e cominciare a mordere la carne, mentre i piedi bagnati trattenevano sulla pelle minuscoli coriandoli di fuoco. Si lanciò come una furia fuori dalla striscia. Urlando. Saltando prima su una gamba poi sull'altra in cerca di un impossibile sollievo. Raggiunse la pozzanghera e vi immerse i piedi uggiolando per la sofferenza e staccando i tizzoni dalla carne con colpi secchi delle dita.

Nel frattempo, il popolo di Tegel rideva. Rideva eccitato. C'era chi si rotolava a terra tenendosi la pancia, chi saltellava tra i compagni stringendosi un piede, una smorfia dipinta sulla faccia, e anche chi gridava «Jorg, Jorg, Jorg» come per incoraggiarlo a ripetere l'impresa.

«Scimmie» commentò Britta. «Un branco di scimmie.»

«Le scimmie sono meno stupide» disse Bernd.

Jakob intanto si era avvicinato a Christa; avrebbe voluto fare o dire qualcosa, ma ogni parola gli risuonava in testa vuota e sciocca. «Senti... io...»

«Augurami buona fortuna» disse lei, concentrata su un ricordo lontano.

«Lascia che sia la sorte a decidere, non devi...»

«Ho detto» disse Christa guardandolo in tralice «augurami buona fortuna.»

«Tocca alla ragazza dell'Havel» urlò Caspar.

La gente di Tegel smise di saltare, urlare e ridere. Ora erano tutti concentrati su di lei.

Christa abbassò le palpebre e non fu più lì.

Era sdraiata sul divano di casa davanti al televisore, con suo padre, in cucina il suono rassicurante delle stoviglie che la mamma stava lavando e asciugando. Stavano guardando uno spettacolo di pirobazia, l'arte di camminare sulla brace. Fachiri indù nel cortile di un grande palazzo. Attorno, un concerto di facce stupefatte e bocche spalancate. "Quelli pensano sia magia" aveva detto suo padre. "E invece è scienza, lo possono fare tutti." E con la sua solita chiarezza le aveva spiegato come.

Ma capirlo e farlo non sono la stessa cosa, pensò Christa sentendo il sudore congelarsi sulla fronte e un brivido di paura correrle lungo la schiena.

Si avvicinò alla brace. Un solo passo e ci sarebbe salita sopra. Ripensò alle parole del padre. Lasciò che fosse la sua voce gentile a guidarla.

Un piede dopo l'altro, Christa, fa' attenzione. Non troppo lenta e non troppo veloce. Segui il respiro.

Il piede destro scese sulla brace e tutta Tegel trattenne il fiato. Nora portò le mani alla bocca per soffocare la paura, certa che Christa stesse per trasformarsi in urla e pianti e dolore.

Ma non capitò.

Christa fece un altro passo. Poi un terzo. Un quarto.

Mantieni il ritmo, così. Stai calma, Christa. Lieve,

devi essere lieve. Non smuovere la brace. Poggia tutta la pianta del piede, non solo il tallone o la punta. Devi distribuire peso e calore.

Se avesse potuto fermarsi e guardare le facce ipnotizzate dai suoi gesti avrebbe visto centinaia di occhi traboccanti di meraviglia.

In meno di dieci secondi fu all'altro capo della striscia. Scese dalla brace e trovò il cemento freddo. *Ce l'ho fatta*, pensò. *Ce l'ho fatta*. E le venne da piangere. Girò sui talloni e per un istante ebbe la tentazione di rifarlo; alzò gli occhi al cielo e ringraziò suo padre. Solo a quel punto si accorse del silenzio.

E dopo il silenzio, le grida.

Non stavano *proprio* applaudendo – in fondo avevano perso – ma l'entusiasmo per ciò che avevano appena visto era impossibile da contenere.

Così, furono urla e ululati di meraviglia.

Il resto del gruppo le corse incontro. Jakob la abbracciò – poi si rese conto di ciò che stava facendo e si slacciò imbarazzato. Nora e Britta la baciarono. Bernd le portò le scarpe. Sven le sorrise da lontano e disse qualcosa che lei non capì, alzando il pollice al cielo.

«Allora?» chiese Jakob a Gotz. «Cos'altro c'è in programma?»

«Tra poco lo scoprirai» rispose lui. «Hai fretta? I tuoi ti vengono a prendere? Oh, aspetta.» Si voltò, un dito puntato contro il mento. «I tuoi genitori sono morti... che sciocco.»

«Come cavolo hai fatto?» chiese Bernd a Christa. «Sei stata straordinaria. Che piedi hai?»

«Piedi normali, Bernd» rispose Christa rilassandosi. «È una questione di capacità termica e conducibilità...»

Bernd strizzò gli occhi. «Di cosa?»

«Diciamo che se si cammina alla velocità giusta, per evitare che la pianta del piede resti troppo a lungo a contatto con la brace, ma non così in fretta da smuoverla e affondarci dentro, come ha fatto il tizio di Tegel, ecco, se si cammina nel modo giusto il calore che passa dalla brace ai piedi non è poi granché. E poi c'è l'umidità della pelle, che evapora a causa del calore creando un sottile strato isolante. Come quando ci si lecca le dita per spegnere una candela schiacciando la fiamma tra i polpastrelli, hai presente?» E fece il gesto.

Bernd aveva gli occhi fuori dalle orbite. «Ma tu com'è che sai tutte 'ste cose?»

«Mio padre» disse. «Gli piaceva spiegare come funziona il mondo. E a me piaceva ascoltarlo. Tutto qui.»

Caspar si avvicinò al gruppo insieme a Bartholomäus e a Gotz. «Seguiteci» disse acido. «La seconda prova è già pronta.»

«Dove andiamo?» chiese Jakob.

«Avete portato il costume?» squittì Bartholomäus. «È l'ora del bagnetto...»

38

Scesero nell'area esagonale al centro del terminal, quella che era stata un parcheggio. In mezzo era stato sistemato un container rosso lungo sei metri, largo due e mezzo, e alto altrettanto, riempito dell'acqua putrida del canale.

Caspar alzò gli occhi verso Chloe, rimasta sul tetto a godersi lo spettacolo dall'alto. Alcuni ragazzi cantavano una canzone lugubre che parlava di morte e decomposizione; le fiaccole disegnavano archi luminosi sopra le loro teste. Chloe fece segno a Caspar di cominciare, alzò il bastone avvolto da filo spinato e la canzone si spense.

«La seconda prova» urlò Caspar «è la prova della vasca.»

Dalla folla si levarono urla e applausi.

«In fondo alla vasca ci sono tre anelli. Il primo che ne trova due, vince. Tutto qua. Non ci sono regole. Solo: prendere gli anelli.»

Altre urla.

«Questa volta cominciate voi» disse Caspar, rivolto a Sven, slacciando il sacchetto delle pietre. «A meno che non abbiate qualche altro volontario...»

Sven guardò Nora, che a sua volta guardò gli altri. Uno di loro aveva forse più dimestichezza con l'acqua? Può darsi, ma non si trattava certo di nuotare; si trattava piuttosto di immergersi nel fango e fare a botte. Nessuno di loro si sentiva più adatto degli altri.

«Tiriamo a sorte» disse Nora.

Sven annuì e andò per primo a estrarre la pietra dal sacchetto – bianca. Toccò a Nora – bianca. A Bernd – bianca. Britta, tremando, stava per infilare la mano quando Jakob la fermò e infilò la sua; aprì il pugno e tutti videro che la pietra era nera.

Urla e applausi piovvero come coriandoli d'alluminio.

Jakob alzò gli occhi verso le grida e per un istante gli venne in mente la partita Germania Ovest - Cile ai mondiali del '74. Il gol di Breitner. Un tiro potente da fuori area, la palla saetta tra le teste dei giocatori, il portiere cileno salta e la sfiora con la punta delle dita, la palla s'insacca sotto la traversa.

Jakob c'era. Insieme a suo padre. Ricordava le grida. Lo stadio in festa nonostante la nazionale fosse composta soprattutto da giocatori del Bayern e i tifosi berlinesi non li avessero certo accolti con trasporto. Sentì la mano del padre sulla spalla e si voltò. Era Sven. Si guardarono senza dire nulla.

Caspar rimise le pietre nel sacchetto. Toccava a quelli di Tegel e di nuovo non si fece avanti nessuno.

«Tutto fumo e niente arrosto, 'sta gente. Sanno solo schiamazzare come degli oranghi» disse Bernd.

«Ci penso io» disse una voce.

Wolfrun emerse dall'ombra nella luce dei falò e il boato che la accolse fu un'eruzione. Il suo nome venne urlato e le voci si amalgamarono in un frastuono che ricordava il rumore delle onde: Wolfrun. Wolfrun. Wolfrun.

Chloe sorrise.

Senza aprire bocca e mostrare alcun tipo di emozione, nonostante fosse evidente il suo sdegno per quel branco di codardi assiepati lungo i bordi del tetto, Wolfrun si tolse i vestiti – giacca, maglione, pantaloni, scarpe – e rimase in calzamaglia e canottiera, immobile, le braccia lungo i fianchi, nell'aria gelida e senza vento di quella notte di inizio aprile.

«Allora?» disse rivolta a Jakob. «Che aspetti?»

Jakob guardò prima lei, poi il container, infine il cielo; sentì la notte sulle guance e si chiese come diavolo facesse Wolfrun a starsene lì immobile con quel freddo. Pensò anche che era la seconda volta, in tre giorni, che finiva a bagno nell'acqua gelida. Cominciò a spogliarsi.

«Dacci dentro» disse Bernd, mostrando le mani per prendere in consegna i vestiti; modulò un sorriso di conforto, ma gli uscì sgonfio e preoccupato.

Si svestì lottando per non tremare, concentrandosi sulla meccanica dei gesti per cancellare il freddo dalla mente, e consegnò a Bernd il mucchio di indumenti. In mutande, il corpo preso a schiaffi dal freddo, ruotò le braccia per sciogliere le spalle, fece due saltelli e apparecchiò sul viso l'espressione più coraggiosa che riuscì. Passò davanti a Wolfrun senza degnarla di uno sguardo, mise un piede sulle barre del container e si arrampicò fino a mettersi a cavalcioni del bordo, l'alluce a una spanna dall'acqua limacciosa.

«Allora?» disse a Wolfrun. «Che aspetti?»

Wolfrun fece il giro del container per salire dall'altro lato. Quando fu anche lei in equilibrio sul bordo, per un istante, si osservarono.

Erano rimasti soltanto loro due. Tutti gli altri erano risaliti sul tetto. Chloe urlò: «Che aspettiamo? Diamoci dentro!».

Senza esitazione, sapevano che il momento peggiore era quello, si lasciarono cadere in acqua.

La prima cosa che Jakob sentì esplodere fu il petto. Poi i pensieri. Per un tempo oscuro lottò per riprendere il controllo dei polmoni, rimpiccioliti alle dimensioni di una prugna, e dei muscoli, rigidi, incapaci di tenerlo a galla.

Trattenne il fiato e si lasciò andare a fondo; era certo che sarebbe svenuto, e affogato. Immerso nell'acqua, il corpo trafitto da milioni di spilli ghiacciati, sprofondò fino a toccare la base metallica del container con la punta dei piedi; fu allora che qualcosa in lui si risvegliò e flettendo la schiena si spinse verso l'alto in cerca di nuova aria.

Emerse.

Si nutrì d'ossigeno ansimando. Non doveva pensare al freddo. Doveva immergersi e cercare gli anelli. Si guardò attorno. Dov'era Wolfrun?

La ragazza sbucò al suo fianco, una mano tesa al cielo: al pollice portava un anello.

Grida e applausi illuminarono la notte.

Wolfrun guardò Jakob giusto il tempo di modulare un sorriso simile a una ferita di coltello, riempì la bocca d'aria e scomparve nell'acqua melmosa.

Jakob contò fino a due e la seguì.

Sott'acqua le orecchie si riempivano d'un rimbombo sordo. Faticava a tenere gli occhi aperti a causa della fanghiglia. Si mosse a tentoni, saggiando il fondo metallico con il palmo della mano. Sentiva il corpo di Wolfrun girargli attorno come uno squalo.

Emerse. Prese aria. Tornò sotto. Fece su e giù cinque o sei volte senza trovare nulla.

Finché.

Eccolo. L'aveva toccato con la punta delle dita ma quello si era spostato – *dove sei,* pensò, *dove sei finito?* Andò a sbattere contro Wolfrun che si girò come un'elica e gli sferrò un calcio nel petto facendogli perdere aria. Fu costretto a salire e mentre respirava sentì la voce di Bernd urlare qualcosa, ma non capì cosa e un istante dopo era di nuovo sotto.

Sentì Wolfrun passargli accanto diretta in superficie. Sperò non lo avesse trovato lei.

Ripercorse l'esatta verticale; allargò le dita delle mani

per scandagliare il fondo, si mosse in circolo. Wolfrun era di nuovo lì e questo voleva dire che neppure lei aveva ancora trovato il secondo anello.

Infatti, un istante prima di restare di nuovo senz'aria, Jakob lo sentì, lo sentì contro la punta del pollice; e questa volta non se lo lasciò scappare e lo afferrò.

Emerse un istante dopo Wolfrun.

Wolfrun vide Jakob mostrare alla notte le cinque dita, l'anello infilato nel medio. La folla gridò in segno di disprezzo, rumoreggiando e bersagliandolo con bulloni e pezzi di legno.

Ne restava solo uno.

Jakob e Wolfrun tornarono sott'acqua e da quel momento in poi fu tutto uno sgomitare e dare calci e strattonarsi quando uno aveva l'impressione che l'altro avesse trovato qualcosa.

Fu Jakob a intercettarlo per primo. Lo sfiorò con il mignolo, ma non ebbe il tempo di afferrarlo perché Wolfrun lo tirò via per un piede e l'anello scivolò lontano.

Stavano entrambi finendo la scorta di ossigeno. Tornarono su, emersero uno accanto all'altra. Presero fiato guardandosi, studiandosi, occhi appannati e sconvolti, e insieme tornarono sott'acqua. Erano stanchi. Smanacciarono il fondo spintonandosi, finché questa volta a sentirlo sotto il palmo fu Wolfrun – che lo afferrò.

Jakob se ne accorse, anche a occhi chiusi si accorse che l'aveva trovato lei, come per una vibrazione ostile. Mentre Wolfrun stava risalendo le agganciò una gamba, trattenendola, arrampicandosi sul suo corpo come su una roccia, cercandole la mano per strapparle l'anello. Lei lo spinse via colpendolo allo stomaco, ma nel farlo l'anello le scivolò e tornò a adagiarsi sul fondo.

Ossigeno.

Emersero entrambi. Jakob era in anticipo. Nel momento in cui con la testa ruppe la superficie dell'acqua era convinto di avercela fatta, sarebbe bastato ingoiare un boccone d'aria e tornare giù, dritto come un fuso: l'ultimo anello era esattamente sotto di lui.

Spalancò la bocca per respirare; e in quel momento sentì qualcosa cadere in acqua con un tonfo, vicinissimo. Storse gli occhi. E vide un enorme ratto nuotare disperatamente per tenersi a galla: il topo più grande della storia, il progenitore di tutti i topi schifosi. Qualcuno l'aveva lanciato dal tetto. Nuotava tenendo la bocca aperta e masticando fango con quei suoi dentini aguzzi e disgustosi.

Il terrore gli esplose in testa e davanti agli occhi.

Il ratto si dimenava, spostandosi verso di lui. In preda al panico Jakob si allontanò verso il lato opposto della vasca. *Devo tornare sotto,* pensò, *devo tornare sotto, non devo scappare.* Ma mentre pensava scappava, perché non era più padrone del suo corpo; la paura lo spinse ad agganciarsi al container e a issarsi in salvo.

Fu in quel momento che con la coda dell'occhio vide l'acqua unta chiudersi sopra Wolfrun. Wolfrun sparire. E poco dopo bucare la superficie come spinta da una molla – il secondo anello infilato nell'indice.

39

Jakob raggiunse gli altri sul tetto. Britta gli corse incontro e lo avvolse in una coperta puzzolente e polverosa trovata chissà dove e lo trascinò vicino al fuoco. Gli amici gli si fecero attorno. Bernd raccolse i vestiti dalla catasta di legna su cui li aveva stesi.

«Sono un idiota» disse Jakob.

«Non è vero» disse Nora. «Ce l'avevi quasi fatta.»

«Mi sono fatto fregare da un topo.»

«Ognuno ha le sue paure» intervenne Sven. «Sei stato bravo.»

«E poi... che cavolo di topo» digrignò i denti Bernd. «Ma lo avete visto? Dico... era grosso come un castoro!»

Jakob si strofinò la coperta addosso, petto, braccia, gambe, capelli, e raccolse tutto il calore che proveniva dalle fiamme; il freddo abbandonava le ossa lasciandosi alle spalle un formicolio doloroso. Bernd gli passò i vestiti che aveva tenuto al caldo sulla legna vicino al falò. Ecco, questo era il tipo di regalo che potevi aspettarti da Bernd: avere l'accortezza di farti trovare i vestiti tiepidi.

Nel frattempo anche Wolfrun si stava asciugando e vestendo. Nessuno era andato a festeggiarla. Quelli di Tegel si erano spellati le mani a forza di applausi, si erano sfogati su certi grossi tamburi, si erano strappati le corde vocali ululando il suo nome, ma nessuno aveva fatto un passo per dirle brava, stringerle la mano, batterle una pacca sulla spalla. Nemmeno Chloe, rimasta al suo posto, a gambe incrociate su una coperta, a commentare lo spettacolo, a sorridere annoiata e a parlare con un gruppo di ragazze che le ronzavano attorno; o Caspar, che era dovuto correre via insieme a Gotz e a Bartholomäus a preparare la terza prova. Il fatto è che nessuno le aveva detto nulla perché a Wolfrun nessuno sapeva mai cosa dire: qualunque battuta poteva farla infuriare, qualunque complimento essere scambiato per insulto.

Wolfrun si rivestì e con passo lento, nell'indifferenza generale, raggiunse il carrello della spesa dove Anneke stava dormendo, avvolta nelle coperte e cullata dal crepitio delle fiamme. Si voltò a destra e a sinistra per assicurarsi che nessuno la stesse osservando, allungò una mano e la carezzò.

«Quante prove mancano?» chiese Britta guardando con aria schifata i ragazzi di Tegel sghignazzare, sputarsi addosso e inseguirsi.

«Sono cinque in tutto» rispose Bernd. «Quindi bisogna vincerne tre.»

Jakob si era rivestito e scaldato. Si avvicinò a Christa che guardava la città buia, persa in chissà quale ricordo.

«Mi spiace» disse arrivandole alle spalle. «Avevi fatto una cosa così... sì, insomma, avevi vinto la sfida della brace. Ho rovinato tutto.»

Christa si voltò, gli occhi lontani. «Possiamo ancora farcela.»

«Sì ma se avessi vinto ora...»

«Oh, smettila di sentirti in colpa, Jakob. Il mondo non è sempre sulle tue spalle, sai? Non sei fondamentale. Anche se vincevi non voleva dire che potevamo andarcene con Theo, giusto? Quindi, rilassati. Ora tocca agli altri.

Hai perso? Pazienza. Speriamo che vincano Sven e Nora, che vinca...» Gettò un'occhiata a Bernd e a Britta che stavano chiacchierando seduti sulla balaustra. «Vabbè, speriamo vincano Sven e Nora. Ci proveranno come ci hai provato tu, ed esattamente come te potrebbero perdere. Io» disse tornando a guardare la periferia attorno all'aeroporto «spero solo che nessuno si faccia male...»

«Ma se falliamo perderete Theo. Come fai a essere così tranquilla?»

«Non sono tranquilla, Jakob. Accidenti, non sono tranquilla proprio per nulla. Tento solo di essere razionale, va bene? Di non farmi illusioni. Non amo le illusioni. Mi piacciono i fatti. E la possibilità di perdere è un fatto. Anche la possibilità di perdere Theo. O di dovercelo riprendere in qualche altro modo.»

In quel momento sentirono la voce di Caspar tentare di superare i latrati di divertimento del popolo di Tegel.

«La terza prova è pronta» disse, e fece segno di raggiungere l'estremità del terminal che si affacciava sulla torre di controllo.

Dalla torre pendevano due grosse funi che scendevano fino al marciapiede sottostante; erano state lavorate in modo che ogni mezzo metro ci fosse un nodo cui potersi aggrappare. La prova consisteva nel salire lungo la fune e raggiungere la sommità della torre di controllo.

«Be', mi sembra meno complicata delle altre prove» disse Bernd.

«Salvo cadere e spiaccicarti» fece Jakob.

«Non ho detto meno pericolosa. Ho detto meno complicata.»

Venne fatta l'estrazione e vuoi per l'eccitazione, vuoi perché la prova era apparentemente più semplice, uno dopo l'altro tre ragazzi di Tegel andarono a estrarre la pietra dal sacchetto. La nera capitò a un ragazzino magro, dalle spalle larghe, i capelli stopposi e la faccia incredibilmente sporca. Poi toccò a Bernd che prese una pietra bianca. Quindi a Nora che pescò la nera.

Nora scambiò uno sguardo con Christa, poi si avviò verso le scale dietro a Caspar e al ragazzo dalla faccia sporca. Uscirono dal terminal e raggiunsero la base della torre di controllo dove furono invitati a provare le corde per saggiarne la resistenza.

«Questa» disse lui, scegliendo quella di destra.

«A me va bene quest'altra» disse Nora.

Caspar si allontanò dalle corde e stava per dare il via quando Nora disse: «Aspetta un secondo». Si inginocchiò. Slacciò e tolse gli scarponi. Si era ricordata di quando da bambina, con suo fratello, giocavano ad arrampicarsi sul tiglio al centro del cortile condominiale e di come si togliessero scarpe e calze per sentire la presa sulla corteccia con la pianta dei piedi. «Ora sono pronta.»

«Allora... cominciate!» disse Caspar.

Si appesero alla corda usando i nodi per agganciare le mani e supportare i piedi. Le corde oscillarono e si torsero. Non dovevano agitarsi, dovevano essere puliti e precisi nei movimenti: mano-piede, mano-piede.

Quello che non potevano vedere, essendo ormai concentrati sulla corda, era ciò che stava accadendo dietro di loro, sul tetto del terminal. Non videro Gotz e Bartholomäus passare tra i ragazzi con due grosse ceste distribuendo fionde e sassi grandi come noccioli di pesca.

«Ma che diamine...» disse Bernd.

Nora e il ragazzo dalla faccia sporca erano a un terzo della salita quando il primo sasso sfrecciò un paio di metri sotto entrambi: nessuno dei due se ne accorse. Ma poi ne arrivarono un secondo e un terzo e un quarto e presto fu come la grandine. Non era facile per chi stava sul tetto colpire i contendenti, meno che mai mirare a uno dei due in particolare, perché molte fionde erano costruite in modo raffazzonato e perché si trovavano a una trentina di metri di distanza e al buio era difficile valutare le traiettorie delle pietre, non era facile ma le scariche, in certi momenti, erano tanto fitte che qualche pietra raggiungeva comunque il bersaglio.

Nora venne colpita sulla spalla e due volte sulla schiena, e un colpo violento le si schiantò sulla caviglia facendole perdere la presa del piede – per un attimo si ritrovò appesa alla fune solo con le mani, a una decina di metri da terra.

Christa e Britta urlarono di spavento. Jakob strinse i pugni conficcandosi le unghie nel palmo. La incitavano mentalmente pensando *dai Nora, forza, non cedere, dai resisti* ma non una sola parola affiorava alle labbra. Non avevano il coraggio di gridare, ché le grida, chissà, avrebbero potuto distrarla.

Nora ritrovò un nodo con la pianta dei piedi. Riprese a salire. Una pietra colpì il ragazzo con la faccia sporca sul polso, di striscio, ma il dolore e la sorpresa furono sufficienti a fargli mancare la presa. Perse il controllo dei piedi. Stava per cadere, ma all'ultimo secondo trovò la forza di tenersi aggrappato con una mano sola. Ciondolò il tempo di cacciare il dolore e recuperare la corda con le caviglie.

«Tirano pure sul loro campione» sussurrò Bernd a Jakob. «Sono davvero degli idioti. Se lo fanno perdere mi gioco un cinghiale che Wolfrun staccherà la mano a morsi a chi ha lanciato la pietra.»

Da quel momento in poi, però, non ci fu più gara. Il ragazzo con la faccia sporca prese a salire come un ragno, avventato, disarticolato, rischiando di scivolare e per questo eccitando la gente di Tegel che smise di lanciare le pietre e cominciò a fare il tifo urlando e danzando. Nora fece del suo meglio. Gli tenne dietro. Ma quando lui arrivò alla sommità della torre di controllo a lei mancavano ancora cinque o sei metri.

Urla e applausi.

«Abbiamo perso di nuovo» disse Britta.

«Ora ci tocca vincere le altre due o siamo fregati» disse Jakob.

Bernd lesse nel tono della voce il senso di colpa per aver perso la propria sfida. Gli diede una pacca sulla spalla. «E le vinceremo» disse. Poi pensò che rimanevano solo lui, Britta e Sven, e che quindi la responsabilità di una delle due ultime prove, con tutta probabilità, sarebbe stata sua. E si morse il labbro inferiore, fino a sentire male.

«Ehi! Che accidenti sta facendo? No... fermo!»

Era stata Christa a urlare.

Ci volle un po' perché gli altri ne comprendessero il motivo. Seguirono il suo sguardo, aguzzarono la vista strizzando gli occhi, e s'accorsero di quello che stava capitando sulla sommità della torre di controllo. Il ragazzo dalla faccia sporca aveva estratto un coltello e stava segando la fune cui era ancora appesa Nora.

«Non era nei patti» gridò Sven avanzando a grandi falcate verso Chloe. «Non erano queste le regole.»

Chloe sospirò annoiata. «Quanto siete noiosi con i vostri patti e le vostre regole.»

«Digli di smetterla. Digli di fermarsi.»

«Digli digli digli. La legge è un veleno che hai nel sangue» disse Chloe sogghignando. «Un veleno. Lo sai questo, Sven? Non è il virus il problema: è la coscienza.»

«Ti prego...» disse Sven.

Nora era quasi alla sommità, ma la corda si stava sfilacciando e un primo cedimento, improvviso, fece sobbalzare tutti.

«Mi preghi, Sven? Nessuno mi ha mai pregato.»

«Non lasciarla cadere. Non ha senso.»

Chloe gli andò accanto e gli sfiorò la guancia con un dito. «Quante cose non hanno senso...» sussurrò. «La vita, la morte.»

Fu alla fine della parola *morte* che la corda cedette.

Nora c'era quasi. Era quasi arrivata. Stava per toccare il cordolo di cemento alla sommità della torre. La corda si ruppe e lei si ritrovò nel vuoto. Si sarebbe schiantata sull'asfalto del parcheggio, tra le macchine arrugginite e l'erba che frantumava il cemento, se all'ultimo secondo l'altra mano non avesse trovato la barra di ferro di una delle lampade esterne, quelle che servivano a illuminare il lato sud della torre. Le dita si strinsero al metallo – si arpionò con la mano sinistra, poi la destra.

«Aiutami» urlò al ragazzo con la faccia sporca.

Quello le sorrise, come avesse appena visto capitare una cosa molto buffa; storse il collo per cercare una nuova angolazione, aveva l'espressione di un pagliaccio di pezza lasciato ad ammuffire in un tombino.

Christa aveva portato le mani alla bocca. Britta aveva chiuso gli occhi.

Il popolo di Tegel incitava il ragazzo con la faccia sporca a farla finita, a schiacciarle le dita con il piede.

Sven indicò Nora che stava penzolando nel vuoto, sentiva il cuore pulsare in gola. «È l'ultima cosa che ti chiedo, Chloe. Andiamo avanti con i giochi. La morte di Nora non aggiungerebbe nulla.»

Chloe studiò la faccia di Sven come la vedesse per la prima volta: sostò sugli occhi, sull'attaccatura dei capelli, sulle guance, sul mento. C'era stato un tempo, molto prima, in cui aveva amato quella faccia. Un tempo in cui aveva baciato quelle labbra. Erano poco più che dei bambini, all'epoca. Quante cose erano successe, nel frattempo.

Poi: «Tirala su!».

Il ragazzo con la faccia sporca abbassò lo sguardo verso il terminal e il sorriso gli marcì sulle labbra.

«Tirala su» gridò Chloe. «Se lei cade, tu la segui.»

E qualcuno nella folla applaudì, sperando di vederli cadere entrambi.

40

Nora impiegò diverso tempo a smettere di tremare.

«Cosa facciamo se ne perdiamo ancora una?» chiese Britta seduta dietro di lei e intenta a massaggiarle le spalle.

Erano tutti e sei in cerchio, seduti uno vicino all'altro.

Sven si schiarì la voce. Era l'unico che, accanto al fuoco, non assorbiva i toni dell'arancio e del giallo; l'incarnato era sempre più spento e grigio. «Ci penseremo. Per ora abbiamo ancora speranza di farcela.»

«Vogliamo decidere chi di noi sarà il prossimo?» chiese Bernd.

«Dipende dalla prova, dirci» s'intromise Britta, preoccupata.

«Non t'agitare, Britta» disse Bernd. «Tanto ti lasciamo per ultima.»

«Perché?» chiese Christa stizzita.

Bernd fece roteare gli occhi. «Be', insomma, perché...»

«Pensi di essere meglio di lei, Bernd?»

«No, accidenti. Non ho detto questo.»

«Bernd ha ragione» disse Britta. «Non so quale sfida potrei vincere. Non sono brava in quasi nulla.»

Jakob le appoggiò un braccio sulle spalle. «Britta, l'hai mai letto *Il Signore degli Anelli*?»

«No.»

«Be', è una cosa così... Il portatore dell'anello è Frodo, un mezzuomo, non un cavaliere o un elfo saggio. È il più debole di tutti. È impacciato. Ma è coraggioso e leale e sa da che parte sta il bene, anche se non sa combattere. Ed è quella la sua forza.»

«Quello che Jakob sta dicendo, Britta» s'intromise Sven, «è che a volte a vincere le sfide che altri non avrebbero neppure il coraggio di tentare sono le persone più improbabili.»

Jakob lo guardò, gli sorrise e negli occhi di Sven lesse qualcosa di intimo e profondo, qualcosa che aveva a che fare con la parola *eredità*, con l'affetto e la stima che un fratello maggiore può provare per il minore cui sta affidando tutto quello che ha imparato nella vita che gli è stata concessa. Ebbe l'impressione che Sven lo stesse salutando. Che stesse affidando a quello sguardo tutto ciò che avrebbe voluto dirgli, cose che le parole avrebbero reso insignificanti, o sdolcinate; ché tanto si sa: tutto l'amore che vorremmo lasciare sulla terra, dietro di noi, prima di morire, è difficile chiuderlo dentro delle parole.

«Ehi, voi» gridò Gotz.

Il vento fece danzare le fiamme e tutti si voltarono.

«La quarta prova è pronta.»

Lo seguirono verso l'area esagonale dove Jakob aveva perso la sfida della vasca.

«In cosa consiste?» chiese Britta camminandogli accanto.

«Tra poco lo scoprirete.»

«Ma se volessimo scegliere un volontario... come facciamo se non sappiamo per cosa?»

«Liberissimi di scegliere chi volete» disse Caspar apparendo alle loro spalle. «Ma la prova è una sorpresa. Queste» aggiunse facendo spazio a due ragazze che li aspettavano alla fine del corridoio, entrambe capelli corti, entrambe con delle spesse sciarpe viola attorno al collo, «queste sono le nostre prescelte.»

«Due?» esclamò Bernd.

«E due sarete voi» disse Caspar. Prese il sacchetto con le pietre e lo aprì in modo tale che potessero estrarle. «Ne sono rimaste due bianche e una nera. Chi prende quella nera, questa volta resta fuori. Chi comincia?»

«Io» disse Sven.

Infilò la mano. Prese una pietra. La mostrò a Caspar. Tutti si sporsero per guardarla.

«Nera» disse Caspar. «Voi due...» Indicò Bernd e Britta. «Con me.»

I due ragazzi si guardarono increduli.

«Andrà tutto bene. Falli neri, ci siamo capiti?» Jakob mostrò a Bernd il pugno chiuso e Bernd lo colpì con il proprio.

«Come il carbone» disse Bernd, cercando di cancellare lo spavento dagli occhi. Guardò Britta. Nora la stava rassicurando, mormorandole nelle orecchie parole che lui non sentì.

«Entrate» disse Caspar aprendo la porta. «E voi, se volete godervi lo spettacolo, tornate di sopra.»

Non era certo per godersi lo spettacolo che corsero sul tetto del terminal, ma corsero eccome: volevano sapere in cosa consisteva la prova e volevano essere vicino alle balaustre per poter incoraggiare Bernd e Britta. Fecero gli scalini come se fossero di fango, affondando a ogni passo.

Se avessero vinto, avrebbero avuto ancora una possibilità.

Se avessero perso, avrebbero dovuto inventarsi qualcosa, e qualunque cosa si fossero inventati per portare via Theo sarebbe stata molto più pericolosa di tutte le prove messe insieme. Senza contare che avrebbero visto il castello bianco in fiamme e Gropius devastata.

C'era stato il fuoco. C'era stata l'acqua. C'era stato il vuoto.

Cosa avrebbero dovuto affrontare Bernd e Britta?

«Ma che accidenti...» disse Jakob strabuzzando gli occhi.

Pensarono di avere le visioni quando, sporgendosi dalla balaustra, videro Bernd, Britta e le due ragazze di Tegel al centro dell'area esagonale osservare con scrupolosa partecipazione due galline, una bianca e una nera, gironzolare beccando l'asfalto in cerca di semi.

«La quarta prova...» urlò Caspar «la quarta prova è per ridere un po', gente di Tegel. È una festa o no, questa?»

«Sì!» disse qualcuno timidamente.

«Non ho sentito. È una festa o no?»

«Sì!» urlarono tutti.

«E non si ride, alle feste?»

«Sì!» gridarono ancora.

«Allora ridiamo...»

Un'unica oscena risata innaturale, simile allo scricchiolio di un magazzino in demolizione, scosse il terminal; c'era chi batteva le mani sulle cosce per sottolineare lo sforzo e chi fingeva di farsi il solletico sotto le ascelle.

«Questi sono davvero pazzi» disse Christa.

«La prova» disse Caspar «sta nel catturare la propria gallina. La gallina nera è nostra. La bianca è dei nostri *cortesi ospiti...*»

Qualcuno finse di ridere fino alle lacrime sentendo definire Bernd e Britta cortesi ospiti.

«Un comico» commentò Sven.

«Dovrebbe fare del cabaret» annuì Jakob.

«Avesse un futuro...»

«Già» disse Jakob. «Per fortuna non ce l'ha...»

«Che la sfida abbia inizio. A voi le galline, cavalieri...»

Caspar non aveva ancora finito di parlare che le due ragazze si precipitarono sulla gallina nera come delle furie. Non appena la gallina le sentì arrivare si allontanò zampettando e quando loro le si gettarono addosso quella spiccò un salto di un paio di metri, togliendosi di torno. Le ragazze continuarono a correre come delle furie cercando di afferrarla, lanciandosi per ghermirla e finendo pancia sotto strappandosi i pantaloni sull'asfalto.

Ogni tentativo fallito era accompagnato da grandi risate e imitazioni da parte del pubblico.

Bernd e Britta, invece, si erano mossi lentamente.

Entrati nell'area, quando avevano visto le galline e Caspar aveva spiegato le regole, un'espressione stupefatta aveva illuminato la faccia di Bernd da orecchio a orecchio.

"Accidenti" aveva detto con un filo di voce a Britta. "Non ci posso credere. Io lo so come si fa. L'ho visto fare un milione di volte. So come si cattura una gallina."

"Davvero?" aveva risposto Britta ammirata.

"Sì. In campagna, da mio padre. La gente di solito le insegue cercando di batterle in velocità. Ma è impossibile. Nessuno è più rapido di una gallina che scappa..."

"E quindi?"

"E quindi, ecco cosa faremo..." e le aveva sussurrato qualcosa in un orecchio.

Così, mentre le ragazze di Tegel continuavano a inseguire la gallina nera dalla parte opposta dell'area, Bernd e Britta, tranquilli, avevano accerchiato quella bianca che, soprappensiero, continuava a vagolare persa nei suoi pensieri da gallina. Come nulla fosse, l'avevano costretta ad avvicinarsi al muro e quando si era trovata chiusa tra loro e il muro, ecco che si erano seduti sui talloni e si erano fermati ad aspettare.

«Ma che fanno?» chiese Christa sporgendosi per vedere meglio. «Perché non cercano di prenderla?»

Jakob si strinse nelle spalle. «Non ne ho idea. Ma quando si tratta di animali, Bernd sa sempre cosa fare.»

La gallina nera continuava a svolazzare inseguita dalle ragazze di Tegel, sempre più goffe e infuriate a mano a mano che si prendeva gioco di loro. La gallina bianca invece, tenendosi lontana dal baccano e dal pericolo, si muoveva a passi minuscoli. E a ogni passo minuscolo suo, Britta e Bernd ne facevano uno altrettanto invisibile, continuando ad accerchiarla e a chiuderla tra loro e il muro. Un passetto. Un altro. Ancora uno. Finché Bernd non si fermò del tutto. A quel punto Britta allargò le braccia, con calma. La gallina indietreggiò. Britta avanzò di un nulla, sempre a braccia spalancate, e la gallina di un nulla continuò a indietreggiare. Bernd era di pietra, sporto in avanti, le mani a terra come ai blocchi di partenza di una corsa; e a ogni sospiro di Britta la distanza tra lui e la gallina diminuiva sempre di più. Finché d'un tratto, quando tra la gallina e le sue mani era rimasto meno di mezzo metro, svelto come un serpente, Bernd s'allungò rasente l'asfalto per afferrarle le zampe. Quando la gallina s'accorse dell'agguato era troppo tardi. S'alzò per volare via, ma Bernd l'agguantò per le zampe e si drizzò in piedi tenendola lontano dal corpo, il braccio teso, mentre lei, a testa sotto, furiosa, si dimenava e cercava di mordergli i polsi attorcigliandosi su se stessa.

A quel punto calò il silenzio.

O quasi.

Perché un gruppetto di ragazzi stava impazzendo dalla gioia.

Bernd e Britta alzarono lo sguardo e videro Sven, Nora, Christa e Jakob sbracciarsi, applaudire, gridare i loro nomi – mai si erano sentiti così orgogliosi, mai – mentre il popolo di Tegel si guardava attorno, scrutando di sottecchi Chloe e Wolfrun, e cercando di capire se potevano ancora ridere. Oppure no.

41

«Ultima prova» disse Sven a Chloe, avvicinandola da dietro.

«E a quanto pare resti solo tu.»

«Già.»

«Sicuro di farcela?»

«Certo.»

«Non ti vedo in gran forma.»

«Sto meglio di molti di voi.»

Wolfrun li raggiunse e guardò Sven negli occhi come per cercarci qualcosa, un segreto, un riflesso; poi disse con voce distante: «Se vincete l'ultima prova e mi portate via il Nato dalla Morte... se lo fate troverò un modo di farvela pagare. Lo sai questo?».

Senza guardarla, scrutando l'oscurità di Berlino, Sven rispose: «Ho preso a calci abbastanza teppistelli nella mia vita da riconoscere ciò di cui bisogna davvero aver paura. E forse ti sorprenderà, ma tu non sei nell'elenco, bambina». Quindi si voltò e osservando il popolo di Tegel che ronzava come una colonia di insetti, gli occhi arrossati e stanchi, i corpi stretti ai falò in cerca di calore, provò una pena infinita. In che mondo li avevano costretti a vivere? Quale eredità avevano lasciato gli adulti? Erano stati incapaci di proteggerli, di evitare tutto questo. «È ora di finire questa pagliacciata» urlò spazzando con lo sguardo il terminal da destra a sinistra. «Cominciamo l'ultima prova. Se vinciamo noi, ci consegnerete Theo e noi lasceremo subito questo vostro luogo osceno. Se vincete voi, sarete liberi di fare di Gropiusstadt e dell'Havel ciò che vorrete...»

Il silenzio era totale: non un verso di animale, non una parola, non un fruscio. Era come se il mondo intero fosse scomparso e al di là dei confini di Tegel il nulla si stesse mangiando la Terra.

Jakob sollevò il bavero della giacca, scosso da un brivido di freddo. Britta prese la mano di Christa e Christa gliela strinse. Bernd pensò a sua sorella Nina e cercò di abbracciarla con la mente. Nora guardò il carrello in cui Theo dormiva avvolto nelle coperte e sentì improvvisa e feroce la mancanza di sua sorella; cercò di ricordarne la voce, ma scoprì di non riuscire più a evocarla.

«Allora?» disse Sven rivolto a Caspar. «Cosa stiamo aspettando?»

Caspar si girò, aprì un sacco di tela e ne tirò fuori un paio di pattini.

«Pattini» urlò.

E tutti urlarono. Di nuovo, scioccamente euforici.

La gara consisteva in cinque giri del terminal. Lungo il percorso erano state sistemate delle bottiglie di vetro e gli sfidanti, oltre a cercare di arrivare primi alla fine di ogni giro, dovevano romperne il maggior numero possibile usando una mazza da baseball. Gotz e Barth le avrebbero sostituite di volta in volta. Un punto andava a chi tagliava il traguardo per primo. Uno a chi rompeva più bottiglie. A ogni giro, quindi, i punti assegnati erano due; e non era detto che andassero alla stessa persona.

«Ah, quasi dimenticavo. Le mazze» disse Caspar «possono essere usate anche per altri scopi.» E rise. «Ci siamo capiti?» Sventolò quella destinata a Sven per aria e fece finta di dargliela addosso. Sven non si mosse d'un millimetro. Caspar inarcò le sopracciglia e fece la faccia di quello impressionato, gliela lasciò cadere davanti ai piedi e andò verso la massa dei ragazzi di Tegel urlando: «Estrazione, gente. Estrazione. Vediamo chi è il fortunato, questo giro».

Sven si chinò faticosamente a raccogliere la mazza, poi andò a scegliere un paio di pattini nel sacco di tela e si sedette per togliersi le scarpe; fece una smorfia come se gli facesse male la schiena.

«Ce la fai?» disse Jakob accucciandosi.

«Hai un'alternativa?»

Jakob prese da terra una manciata di sassolini e se li fece saltellare sulla mano.

«Dici che faranno qualche scherzo?» disse Sven.

«Di che genere?»

«Tipo le fionde con Nora.»

«Probabile.»

«Buttaci un occhio.»

«Ti guardo le spalle. Come sempre. Come quella volta con la iena scappata dallo zoo...»

«Ma io l'avevo vista, la iena.»

«Già, perché hai anche gli occhi sulle chiappe, vero?»

«Io ne ho mille di occhi, cosa credi?»

«Sven...»

«Che c'è?»

«Hai presente quella cosa che ho detto a Gropius? Intendo... la sera prima di andarmene quella roba su mio padre che diceva che c'è gente che alla morte ci arriva viva, eccetera...»

«Sì. Allora?»

«Sei l'esempio migliore che mi sia capitato da quando mio padre è morto.»

«Non che te ne siano capitati, molti. O sbaglio?»

«No, davvero, penso...»

Un pipistrello passò sopra le loro teste emettendo ultrasuoni che nessuno sentì. Sven strinse la spalla di Jakob e lui si accorse che la sua mano non era più solida e ferma come era sempre stata. «Lo so cosa pensi, Jakob. E per me è uguale.» Trasse un lungo e sofferto respiro. Offrì il pugno chiuso. Jakob lo colpì con il suo.

«E ora fammi andare a spaccare la faccia a 'sti sbruffoni.»

42

«Lei?»

Quando Christa vide Chloe pattinare incontro a Sven pensò che fosse un modo per prenderlo in giro o qualcosa del genere; teneva la mazza da baseball incastrata dietro la schiena, nell'incavo delle braccia, il petto in fuori e le labbra sottili tese in un ghigno. Vorticò attorno a Sven.

«Dubito tu abbia estratto l'ultima pietra nera» disse lui.

«Non posso mica lasciare che voi pezzenti ci rubiate l'amichetto di Anneke... I miei non apprezzerebbero.»

«Rubare? Noi? Ma se siete voi che lo avete rapito!»

Chloe continuava a girargli attorno come una zanzara. «Questione di punti di vista, mio caro. E sappi che di solito questa prova non prevede semplici mazze da baseball, ma bastoni avvolti da filo spinato. Ho pensato che sarebbe stato un peccato rovinare quel bel faccino.»

«Che romantica...»

«Che vuoi farci? Sono nata con un cuore d'oro.»

«Peccato che poi te lo sei venduto...»

«Siete pronti?» chiese Caspar.

«Sono nato pronto» disse Sven. Ma non era vero – non era vero per nulla. Si vedeva che stava male. Aveva gli occhi segnati, la pelle secca e sottile, e ogni movimento, anche respirare, sembrava gli costasse una fatica enorme, e che dovesse concentrarsi anche solo per riuscire a stare in piedi.

«Quando ti pare...» disse Chloe.

La corsa non si sarebbe tenuta dove erano assiepati i ragazzi e neppure nell'area che aveva ospitato le prove di Jakob, Bernd e Britta, ma nel livello inferiore del tetto, che correva tutto attorno al terminal formando una pista esagonale.

Caspar alzò la mano destra sopra la testa. Stringeva un fazzoletto rosso. «Quando tocca terra partite.»

Aspettò alcuni istanti.

Lo lasciò cadere.

Nel momento in cui il fazzoletto toccò la pista, Chloe e Sven scattarono usando la mazza da baseball come bastone per prendere velocità. Chloe vide la prima bottiglia all'inizio del secondo lato, a sinistra, verso il vuoto del parcheggio, e ci si avventò. Alla stessa altezza Sven ne vide un'altra vicino al muro e fece lo stesso. Entrambi le colpirono senza fermarsi, quasi nello stesso istante. Quella di Chloe non si ruppe nell'impatto con la mazza e volò giù. Quella di Sven andò in mille pezzi, spargendo nell'aria minuscoli frammenti di vetro.

A metà del quarto lato una bottiglia era stata posata esattamente al centro della pista. Chloe e Sven erano spalla a spalla. Ci stavano arrivando insieme. Sven alzò la mazza. Chloe impugnò la sua con una mano sola e lasciò partire un colpo violento che centrò Sven sul ginocchio; lui cadde e rotolando a terra vide Chloe colpire la bottiglia. Gli applausi estasiati di Tegel gli piovvero addosso.

Nonostante il dolore, Sven si tirò su e si gettò all'inseguimento, pattinando a testa bassa e dandosi dell'idiota per essersi lasciato fregare in quel modo – *idiota*, pensò, *sono un idiota*.

Il primo giro lo vinse Chloe, sia per averlo completato per prima, sia per il numero di bottiglie distrutte.

La raggiunse a metà del secondo.

Chloe aveva già colpito due bottiglie e stava per avventarsi sulla terza quando Sven vide la quarta al centro della pista, poco più avanti. Chiuse gli occhi e spinse sui pattini tanto da sentire il cuore contrarsi, rattrappirsi. Arrivò sulla bottiglia e la colpì. La colpì in un modo speciale e preciso. Non solo per romperla, ma per scagliarla contro Chloe. La prese bassa e quella schizzò via, ruotando, e se grazie a un singhiozzo della folla Chloe non si fosse accorta che stava capitando qualcosa di strano, se non si fosse voltata in tempo per vederla arrivare e non si fosse abbassata di quel tanto per evitarla, be', se la sarebbe presa in fronte – e il parapetto non le avrebbe impedito di finire di sotto.

«Grandissimo Sven» urlò Jakob; poi emise una specie di ululato.

Ora in testa c'era Sven. Ma alla fine del secondo giro, anche se era arrivato primo, Chloe aveva comunque colpito più bottiglie.

Tre a uno per lei.

Sven iniziò il terzo giro in vantaggio, ma nel frattempo sentì crescere un dolore sordo nel petto, come se una scheggia di ghiaccio gli stesse attraversando i polmoni. Nonostante questo riuscì a colpire quattro bottiglie su sei e a finire il giro davanti a Chloe.

Tre pari.

Cominciarono il quarto affannati, entrambi madidi di sudore. Sven era in vantaggio, sia nelle bottiglie sia nella corsa. Era in vantaggio, ma qualcosa di strano stava succedendo. La scheggia di ghiaccio che aveva sentito nei polmoni si stava muovendo, un fastidio tagliente correva in giro per il suo corpo così come lui stava correndo lungo il perimetro del terminal. Faticava a pensare. Faticava a coordinare i movimenti.

Vicino alle balaustre, Jakob stava facendo il tifo, incitandolo con tutta l'energia che aveva, quando con la coda dell'occhio vide Wolfrun armare la fionda – afferrare una pietra, infilarla nella toppa – e prendere la mira.

«Ehi!» urlò.

Wolfrun non si voltò.

Jakob si mise a correre, facendosi largo tra la folla, gridandole di fermarsi, di non osare – ma era tardi. Un istante prima che si gettasse addosso a Wolfrun, la pietra schizzò via, sfiorò l'orecchio di un ragazzino e tagliò l'aria del terminal in direzione di Sven.

Wolfrun e Jakob rotolarono a terra picchiandosi selvaggiamente.

La pietra mancò Sven di pochissimo, ma qualcuno se n'era accorto: «Fionda» urlò una ragazza dagli occhi a mandorla, e: «Fionda» fecero eco decine e decine di altre voci.

Fu un attimo.

Le pietre si materializzarono come una grandinata imprevista che investì Sven senza che lui avesse tempo di reagire, di proteggersi, di rannicchiarsi a terra. E fu in quell'istante che qualcosa dentro di lui finì. Non erano le pietre, non solo, anche se lo stavano colpendo ovunque, e nemmeno la fatica della corsa, quei giorni caotici o il freddo.

Era il virus.

Era il suo momento.

Jakob si divincolò da Wolfrun, cui aveva strappato una tasca della giacca e che a sua volta gli aveva graffiato la guancia; si scagliò addosso a chi ancora teneva la fionda stretta in pugno; si dimenò alla cieca, mollando schiaffi e pugni e ricevendo calci e spintoni. Finché non lo vide.

Sven.

A terra, supino. La mano a stringere il petto. La bocca spalancata.

Anche Chloe si era fermata, e lo guardava, la mazza abbandonata lungo il corpo. Uno dopo l'altro si voltarono tutti. Ogni singolo ragazzo, ragazza, bambino o bambina. Smisero di muoversi, di parlare – di respirare. Fu come se l'aeroporto stesso avesse cominciato a sgonfiarsi.

Jakob si ritrovò a correre giù per le scale insieme a Bernd, Christa, Nora e Britta. Si gettarono insieme sulla porta, che era bloccata e non voleva aprirsi, e la strattonarono e la presero a calci finché non furono fuori e, una volta fuori, accanto a Sven.

Jakob si inginocchiò e gli prese la mano. *Non può essere*, pensò.

Sven respirava leggero tra i denti, la bocca socchiusa. Non sembrava soffrire. Solo arricciava il naso, di tanto in tanto, come per un prurito. Aveva gli occhi rivolti al cielo, il cielo sopra Berlino, che proprio in quel momento aveva deciso di disfarsi delle nuvole e si stava aprendo alle stelle.

«Sven...» disse Jakob.

«Quindi è così che succede» mormorò Sven rivolto a se stesso.

«Sven...» Jakob fece di tutto per ricacciare le lacrime, ma non ci riuscì; e le lacrime gli bruciarono le guance lì dove Wolfrun lo aveva graffiato. Non poteva credere che stesse capitando davvero. Lo sapeva. Sapeva che prima o poi sarebbe arrivato il momento. Ma saperlo non significa essere pronti.

«È così che succede...» sussurrò di nuovo Sven, la voce velata d'un leggero stupore. «Non fa neppure troppo male, dopotutto.»

Poi chiuse gli occhi, la testa scivolò di lato.

E niente più.

43

Quante altre cose accaddero, quella notte, a Berlino Ovest?

Se il piccolo falco che Christa aveva visto disegnare cerchi nel cielo di Gropiusstadt quattro giorni prima, giorni che sembravano anni, avesse potuto raccontare tutto quello che aveva visto, sentito, percepito, ci sarebbe stato di che stare svegli fino all'alba: i sogni segreti di Verme, il pianto di Abel e le impacciate parole materne di Lisbeth; le preghiere di Nina perché Dio, gli Dei, il destino si prendessero cura di suo fratello e lo facessero tornare da lei – ché in fondo Bernd era tutta la famiglia che le era rimasta, anche se d'estate gli puzzavano tantissimo i piedi; le invocazioni delle ragazze dell'Havel perché Nora, Christa e Britta fossero in grado di riportare a casa Theo. A mezzanotte in punto, per lui, per Theo, le ragazze dell'Havel avevano acceso tre fuochi, soffiando poi tutte insieme in direzione di Tegel, in modo che il calore delle fiamme arrivasse fin lì, e lo consolasse.

Il piccolo falco aveva visto un gruppo di ragazzini di Gropiusstadt disegnare con un bastone, nella cenere, tattiche segrete per le imminenti partite a Battaglia; Lupo e Castoro intrufolarsi sotto un cancello di ferro, in cerca di caramelle, senza accorgersi degli occhi che li stavano osservando, in agguato, nel buio di un tunnel della metropolitana; Claudia prendere per mano Timo e trascinarlo in riva alla Spree e baciarlo.

Ombre misteriose confondersi tra le macerie.

Qualcuno piangere. Qualcuno ridere. Molti sognare un mondo scomparso.

Di tutto questo, e di chissà cos'altro, era stato testimone il falco.

Finché non si era spostato su Tegel.

Era giunto a Tegel nel momento in cui uno sciame di pietre aveva colpito un ragazzo sui pattini. Era caduto e non si era più alzato. Una ragazza, sui pattini anche lei, si era fermata a qualche metro di distanza e il falco aveva notato che il suo sguardo era colmo di terrore, come se, guardando il proprio riflesso in uno specchio, avesse visto la pelle screpolarsi come argilla e sfarinare a terra. Cinque ragazzi erano corsi da quello sui pattini e uno si era inginocchiato al suo fianco; gli aveva preso la mano. Ma era chiaro anche a lui – al piccolo falco – che non c'era più nulla da fare, lui che di animali morire ne aveva visti a bizzeffe, in quegli anni.

E così era stato.

Il ragazzino che teneva la mano a quello sui pattini aveva battuto il pugno sul petto dell'amico, come per risvegliarlo, finché una ragazza dai capelli del colore delle castagne si era inginocchiata al suo fianco, gli aveva fermato il braccio e aveva scosso il capo. Un'altra ragazza, con una lunga treccia bionda, era scoppiata in singhiozzi e un ragazzino rubicondo aveva chiuso gli occhi per non vedere.

A quel punto era successa una cosa strana, una cosa che il piccolo falco non aveva mai visto, abituato com'era, in presenza della morte, al silenzio e al rispetto: tutti gli altri ragazzi, vestiti di nero e appollaiati ovunque, erano esplosi in grida di gioia, saltando e battendo le mani.

Ma la ragazza sui pattini aveva sollevato la mazza, aveva urlato qualcosa e tutti si erano trasformati in pietra.

Poi.

«Faremo la pira funebre qui» disse Chloe. «Domattina. All'alba. Poi ve ne andrete.»

«E Theo?» chiese Nora.

Chloe distolse lo sguardo. Non conosceva quell'emozione che le stava soffocando i pensieri. Si chiese che nome darle.

«Allora?» insistette Nora avvicinandosi a Chloe. «Cosa ne sarà di Theo?»

«Portatelo via.»

«Come?» urlò Wolfrun. «Non è giusto. Non hanno vinto. Non hanno superato le prove. E lui...» disse ridendo e indicando Sven con la mano «lui è persino morto.»

Qualcuno dei ragazzi di Tegel ghignò di rimando; altri avrebbero voluto, ma avevano paura, non sapevano da che parte stare, in quella discussione. Wolfrun li eccitava con la sua rabbia, ma Chloe era la loro guida, lo era dall'inizio.

«Ho detto che si porteranno via il bambino» disse Chloe.

«Ma non è questo che...»

«Basta, Wolfrun» urlò Chloe. «Stai zitta! Quando sarai la guida di Tegel sarai tu a decidere. Adesso...» e guardò il corpo di Sven «adesso è tempo di andare a fare legna.»

E così fu.

Impiegarono il resto della notte. Fu Jakob ad appiccare il fuoco.

Stava albeggiando quando le fiamme raggiunsero la sommità della pira e avvolsero il telo che custodiva il corpo di Sven.

Jakob, Bernd, Christa, Britta e Nora con Theo in braccio che indicava il fuoco e sorrideva erano in piedi, tanto vicini da sentire i capelli friggere per il calore. Tra quelli di Tegel c'era chi dormiva, chi sonnecchiava, chi osservava la scena annoiato o ridacchiando al ricordo di alcuni degli eventi di quella notte.

Wolfrun non c'era. Neppure Caspar. Gotz e Bartholomäus, in un angolo, giocavano con un ragno chiuso in un barattolo di vetro. Chloe era in piedi sulla terrazza del terminal, da sola; guardava la scena come se non vedesse la pira e sembrava farsi domande senza risposta.

Il fuoco impiegò un'ora a mangiarsi ogni cosa. Quando non rimase che il gracchiare dei corvi e il fumo che saliva dritto nel cielo del mattino, Jakob d'improvviso raccolse lo zainetto molle che conteneva soltanto un libro, si girò e s'incamminò. Dietro lui si mossero gli altri. In silenzio, senza mai voltarsi a guardare i resti della pira, presero la strada per la città, giurando a se stessi che a Tegel non ci sarebbero tornati più.

Superato il ponte sul canale, Christa, forse attirata da un movimento o da uno scarto nella luce, alzò gli occhi verso il tetto di un palazzo poco distante. Notò un uccello. Era un falco – un piccolo falco. Christa ebbe l'impressione che mentre lei osservava lui, lui stesse osservando lei. Ma fu questione di un istante. Perché il falco si lasciò cadere dal cornicione e sparì dietro a una cisterna dell'acqua.

44

Camminarono senza parlare fino a mezzogiorno, ognuno immerso nei propri pensieri, quando raggiunsero il Grunewald, la foresta lungo la riva orientale dell'Havel. Il sole aveva finalmente vinto la coltre di nubi che si era impadronita del cielo i giorni precedenti e accarezzava gli alberi, come per una promessa di primavera – quella primavera che presto, volente o nolente sarebbe arrivata, e che avrebbe spazzato via non solo l'inverno, ma anche il dolore dai corpi.

Non avrebbero saputo dire da quanto tempo non mangiavano, ma i crampi allo stomaco erano l'unica cosa che li teneva svegli e quindi tanto valeva tenerseli, ché di dormire in giro non avevano alcuna intenzione.

Le ragazze non vedevano l'ora di raggiungere l'Isola dei pavoni per riunirsi alla loro comunità. Jakob e Bernd sapevano che tornare a Gropius significava dover annunciare la morte di Sven, ed era una cosa che volevano fare il prima possibile. Per condividere il dolore con gli altri. E per non pensarci più.

All'altezza di Zehlendorf si salutarono.

«Allora ci si vede» disse Jakob.

«Quanto prima» rispose Christa.

Britta alzò la mano e tentò di sorridere senza riuscirci.

Bernd fece lo stesso, come in un gioco di specchi.

«Ragazzi» disse Nora, «non so come ringraziarvi... Theo è tutto ciò che mi resta. Tutto ciò che resterà di me. La Pfaueninsel è casa vostra.»

«E facciamo una zuppa di ortiche straordinaria, lo sapete?» disse Britta.

«Se è per quello, noi abbiamo il miglior macellaio quasi-vegetariano di tutta Berlino» disse Jakob indicando Bernd con gli occhi. «Che tra le altre cose sa cuocere il coniglio in un modo che non vi dico...»

Le ragazze presero un sentiero seminascosto, uno di quelli che l'inverno aveva quasi cancellato. I ragazzi le seguirono con lo sguardo finché non girarono dietro a un folto di siepi. Bastò un attimo e fu come se non ci fossero mai state. Una lepre sbucò da sotto una roccia cava, annusò l'aria e si rintanò.

Alla vista della lepre Bernd portò una mano allo stomaco, la fame gli afferrò le budella e gliele strinse in una morsa dolorosa. «Cosa darei per una zuppa di patate e porri» disse.

«Ancora un paio d'ore» sentenziò Jakob. «Un paio d'ore e siamo a casa.» Batté una pacca sulla schiena di Bernd e insieme, accordando il passo, si rimisero in cammino.

A vederli fu Peter. La giornata era tiepida e non indossava i soliti due maglioni, ma i due cappelli sì, come sempre. Li vide dall'alto, dal balcone di un appartamento in cui si era intrufolato in cerca di nuovi giochi. Si scapicollò giù per le scale urlando: «Sono tornati! Sono tornati!» e uscito dal portone corse loro incontro insieme a un gruppo di altri bambini della sua età. Tra loro c'era Nina, che si nascose dietro un albero a spiare il fratello, intimidita dalla folla e dalle urla. Bernd la vide, sorrise e spalancò le braccia – era il segnale: Nina prese la rincorsa e gli saltò al collo in quel suo modo obliquo e impacciato. Lui la prese al volo e fece finta di cadere sotto il suo peso.

«Ehi!» disse. «Hai mangiato una balena? Com'è che sei diventata così forte?»

«Non mangerei mai una balena, io. Mi piacciono le balene.»

Bernd rise. «Tutta tuo fratello, sei...»

«Cos'è successo?» chiese Peter saltellando attorno a Jakob. «Dove siete stati? Dov'è Sven? Lo sai che i verdi hanno vinto di nuovo? Oggi c'è una Battaglia di rivincita con i blu. Chi arbitra? Arbitra Sven?»

Jakob gli prese la mano. «Mi fai un grande piacere, Peter?»

«Certo. Cosa?»

«Di' a tutti di radunarsi nel parco giochi.»

«Nel parco giochi?»

«Sì.»

«Tutti? Adesso?»

«Sì.»

«Corro» e schizzò via.

Ci vollero un paio d'ore per chiamarli a raccolta; Jakob non voleva che mancasse nessuno – non voleva dover ripetere il discorso due volte. Lui e Bernd, nel frattempo, mangiarono della minestra e alcune mele ormai secche. Finché Peter venne a dire che erano pronti.

Jakob e Bernd attraversarono il campo seguiti dagli sguardi attenti dei ragazzi e dai mormorii di alcune bambine. Il fatto che Sven non fosse lì e che fosse stato Jakob a convocare l'adunata, così, senza spiegare il perché, aveva già fatto correre la fantasia di alcuni, soprattutto dei più grandi, e Jakob lesse negli occhi della maggior parte di loro che sapevano ciò che stava per dire.

Per questo non ci girò intorno.

Salì sullo scivolo e urlò: «Sven non c'è più».

Alcune bocche si schiusero, accompagnate da occhi sgranati e mugolii di stupore. Ma non molte. Per il resto, ci furono sospiri, un aumentare del battito dei cuori e un velo di tristezza che stirò le guance.

«Sven non c'è più perché era giunto il suo tempo, così come quel tempo arriverà per ognuno di noi. Quello che voglio dirvi, ecco, quello che voglio dirvi è che Sven ha vissuto fino all'ultimo istante. Fino alla fine ha fatto di tutto per onorare le nostre regole...»

«Collaborazione e solidarietà» dissero tutti.

«Collaborazione e solidarietà. Sempre. Senza eccezioni. Perché non si può mai sapere quando...»

«... toccherà a noi» dissero in tanti.

«Essere aiutati» disse Peter in controtempo.

«Quando toccherà a noi essere aiutati, proprio così. Questo ci ha insegnato Sven. Adesso, anche se Sven non è con noi, nulla deve cambiare. Quindi, continueremo a fare... continueremo a fare come piace a Peter» disse Jakob guardandolo.

«A me?»

«Il tuo gioco preferito.»

«Battaglia?»

Tutti risero.

«No. L'altro.»

Peter s'illuminò. «Il *come se*! Faremo come se Sven fosse ancora qui.»

Jakob annuì. «Come se fosse qui e potesse sgridarci, e dirci bravi, e consigliarci, e tutto quanto. Siamo d'accordo?»

«Sì» dissero tutti.

Una ragazza dai capelli intrecciati sulla nuca disse: «In ogni caso, dobbiamo scegliere una nuova guida».

Un chiacchiericcio eccitato crebbe tra la folla.

«Già» disse uno dei gemelli Büchner. «Serve un nuovo capo.»

Bernd alzò la mano per parlare.

Jakob chiese il silenzio e lo indicò.

«Sven diceva che nessuno è perfetto» disse Bernd. «Diceva che tutti possono sbagliare. Ma che se sbaglia il capo è la cosa peggiore di tutte. Che se il capo si comporta male dovrebbero cadergli le unghie dei piedi. Il capo dovrebbe essere il migliore. O provarci. Deve saper comandare perché saprebbe ubbidire. Sven diceva...» Alzò gli occhi al cielo come per richiamare alla memoria un ricordo lontano. «Diceva che il capo dev'essere corretto e coraggioso, e ascoltare i più piccoli, e rispettare gli altri e non tenere per sé la frutta migliore, d'estate. Distribuire il lavoro ma essere il primo a lavorare... Insomma, cose così. Chi di noi si sente di farlo?»

Ciascuno si voltò a guardare il proprio vicino, o quello alle sue spalle; ci furono teste scosse e nomi nascosti tra i denti e la lingua.

Accorgendosi che i dubbi stavano aggrovigliando i pensieri, Jakob disse: «Forse è meglio aspettare un giorno, non credete? Riflettiamoci. Ognuno ci pensi. Domani a quest'ora ci troveremo qui a decidere».

E tutta Gropius acconsentì.

45

L'appartamento dove Jakob aveva abitato con i suoi genitori era al sesto piano di Sollmannweg 6, nel cuore di Gropiusstadt. Due camere da letto, una per lui e una per i suoi, una cucina, il bagno, e un salottino lungo le cui pareti correva un'unica, grande libreria, piena di libri e riviste e quotidiani accumulati negli anni dal signor Geyer e da sua moglie. Alle pareti qualche poster di eventi culturali o di mostre, foto di marionette e un paio di prime pagine dell'"SO36 Express" con articoli di cui il padre di Jakob andava particolarmente fiero.

I primi tempi, dopo la morte dei suoi, non sapendo dove altro andare e cosa fare, era rimasto a dormire lì. Girava per le stanze vuote. Mangiava le scatolette rimaste. Quei pochi cioccolatini che aveva recuperato in fondo a una scatola di legno erano stati divisi in piccole parti, tanto da durare quasi un mese, un pezzetto ogni sera, giusto prima di addormentarsi, quando il bisogno di qualcosa che addolcisse i pensieri si faceva più urgente.

Poi aveva incontrato Sven.

O meglio, Jakob aveva già visto Sven in giro. La sua famiglia possedeva un Bilka, un piccolo negozio di alimentari e abitava nel palazzo accanto.

Jakob era convinto che Sven, di cinque anni più grande, non si fosse mai accorto di lui, ma lui, Jakob, sapeva bene chi era Sven. Lo aveva visto alle panchine. Indossava spesso un giubbotto di pelle marrone e stivaletti. Aveva sempre qualche ragazza attorno, una mano sulla spalla o a cingerle la vita. Quando gli capitava d'incontrarlo per le strade del quartiere lo osservava di soppiatto e un giorno che aveva visto qualcosa cadergli dalla tasca – avrà avuto nove, forse dieci anni, Sven quindici – aveva lasciato il pallone e lo aveva rincorso.

"Queste sono tue" aveva detto annaspando e mostrandogli un mazzo di chiavi.

"Ma cosa...? Dove le hai trovate?"

"Ti sono cadute. Laggiù. Nel prato."

"Ma tu guarda... ti sono debitore, piccoletto. Non hai idea in che pasticcio mi sarei ficcato se le avessi perse. Come ti chiami?"

"Jakob."

"Grazie, Jakob" aveva detto Sven allontanandosi. "Me ne ricorderò."

Poi c'era stato il virus. Gli incendi. Le razzie.

Un giorno, Jakob, vagando per il quartiere in cerca di qualcosa da mangiare, era passato davanti al negozio dei genitori di Sven, che fino a quel momento era rimasto chiuso da una pesante serranda, e lo aveva trovato pieno di ragazzi che si passavano scatole di cibo – cioccolato Kinder, sottaceti, carne in scatola, legumi, le arachidi ricoperte di cioccolato Treets, bottiglie di Coca-Cola e Florida Boy, frutta secca e muesli – per caricarle su dei carrelli. Erano uno accanto all'altro e ognuno riceveva la scatola da chi lo precedeva e la passava a quello dopo. L'ultimo le posava dentro un carrello della spesa e altri prendevano i carrelli e li portavano via.

"Ehi!"

Jakob si era sentito chiamare.

"Ehi, tu! Vieni qui, dacci una mano."

Jakob aveva superato la fila e si era avvicinato. Due ragazzi più grandi di lui stavano tentando di rovesciare un mobiletto chiuso a chiave.

"No. Non così" aveva urlato quello che lo aveva chiamato, rivolto a due bambine che stavano sistemando delle confezioni di carne in scatola dentro dei contenitori di ferro. "Non così. Altrimenti non ci stanno. Giratele. Ecco, sì. Così."

Era Sven.

Era lui che tutti stavano ascoltando.

Era lui il direttore d'orchestra.

Lo aveva guardato in faccia. "Ehi! Io ti conosco" aveva detto. "Sei quello delle chiavi... Jakob!" e aveva fatto schioccare pollice e medio. "Jakob. Dico bene?" Gli aveva sorriso. Erano settimane che Jakob non riceveva un sorriso da qualcuno.

Da quel giorno, lo aveva seguito ovunque.

Da quel giorno aveva smesso di dormire a casa sua e si era unito a quello che sarebbe diventato il gruppo di Gropius. All'inizio, in modo da stare insieme, avevano scelto di occupare una palestra, al pianoterra di un piccolo stabile. Sulla porta di casa sua aveva scritto CASA DI JAKOB con la vernice rossa, in modo tale che gli altri sapessero che non erano autorizzati a sfondarla e a prendere ciò che volevano.

E ogni tanto ci tornava.

Apriva con le chiavi, si chiudeva la porta alle spalle. Gironzolava. Andava in camera dei genitori; sui comodini c'erano ancora le loro foto. Andava in cucina e si sedeva al tavolo – come per fare i compiti, come in attesa che sua madre gli riempisse il piatto di stufato o gli tagliasse una fetta di torta pere e cioccolato, la sua preferita. A volte sentiva qualcuno nel corridoio e immaginava fosse suo padre di ritorno dal lavoro.

Solo raramente tornava a dormirci.

Ma quella notte, la notte del ritorno da Tegel, lo fece. Prese le chiavi che teneva nascoste in un vasetto di vetro e disse a Bernd che si sarebbero visti il mattino dopo. Bernd non fece domande. Aveva bisogno di piangere Sven da solo, senza il caos dei piccoli che giocavano e ridevano. E anche senza Bernd. Solo lui, e i suoi ricordi.

Non pensò alla faccenda della nuova guida di Gropius, il nuovo capo che avrebbero scelto il giorno dopo. Non ci pensò perché voleva dire sostituire qualcuno che non poteva essere sostituito. Anche se, ovviamente, sapeva che andava fatto.

Quella notte dormì nel letto dei suoi genitori.

46

A metà mattina si radunarono nell'area giochi. Abituati alla presenza rassicurante di Sven non sapevano bene chi dovesse gestire la faccenda. Jakob e Bernd erano gli ultimi ad averlo visto e sapendo che Sven aveva sempre riposto in loro particolare fiducia, gli occhi di tutti, dopo aver ronzato in giro, iniziarono a posarsi su di loro. Fu per questo che Jakob, pur controvoglia, si sentì autorizzato a parlare.

«Ecco» disse rivolgendosi alla folla di ragazzi ammassati nel parco giochi, «il fatto è che non abbiamo mai eletto nessuno, perciò credo che quello che dobbiamo fare è inventarci un sistema. Un sistema che vada bene anche per le prossime volte.»

Molti annuirono.

«Forse dovremmo iniziare con le candidature» disse Bernd.

«Sono d'accordo. Ieri Bernd ha ricordato a tutti cosa significava per Sven essere la guida di Gropiusstadt. Quindi, chi si sente adatto lo dica. Poi voteremo per alzata di mano.»

«Possiamo candidarci anche noi piccoli?» chiese Peter.

Si sollevarono delle risate.

Jakob si grattò la guancia. «Peter... non penso sia un problema di età, ma di autorevolezza.»

«E l'autorevolezza» disse Bernd «è data anche dall'esperienza. E se si è piccoli, intendo troppo piccoli, di esperienza se ne ha poca.»

«Quindi non posso candidarmi?» chiese Peter.

«Magari non questa volta...» Poi: «Allora?».

«Io» disse una voce. Tutti subito allungarono il collo per vedere chi aveva parlato. «Io mi candido.» Era Büchner Due. I gemelli Büchner, seduti uno accanto all'altro su una panchina, stessi capelli biondo cenere, stesse spalle larghe, stessa mascella pronunciata, sarebbero stati i primi, di lì a poco, a compiere diciott'anni.

Sentendo il fratello offrirsi Büchner Uno gli rivolse uno sguardo stupito. «Davvero?»

«Perché no?»

Qualcuno gridò: «Candidatevi in coppia».

Risate.

«Così uno può fare la first lady...»

Altre risate, ancora più forti.

Büchner Due saltò in piedi sulla panchina. «Ehi! Chi è stato? Vieni a dirmelo in faccia.»

Un coro di *buu* e di pollici versi lo sommerse. Nina si nascose dietro Bernd.

«Credo tu abbia appena perso le elezioni» rise il fratello.

«Ma hai sentito cos'ha detto?»

«Lascia stare.»

«Candidati tu, allora.»

«Io? Non ci penso proprio.»

«Sentite...» disse Büchner Due rimanendo dov'era, in piedi sulla panchina «occhei, ho detto una sciocchezza, stavo scherzando. Ma ecco, per farla breve, io penso davvero di poter essere una buona guida per Gropiusstadt. Sì, sono suscettibile» alzò le mani come per arrendersi, «è vero. Ma questo non vuol dire che non sappia prendere decisioni quando è necessario. Ed è questo quello che serve, dico bene? Uno che prenda decisioni. Io e mio fratello siamo i responsabili della caccia, quelli che vi fanno mangiare. Sono affidabile e mi sembra di averlo dimostrato uno sfracello di volte. Non c'è caldo o freddo che mi fermi...»

«E poi è un bellissimo ragazzo, non trovate?» disse Büchner Uno carezzandogli il polpaccio.

La risata fu fragorosa. Büchner Due gonfiò i bicipiti e esibì il suo sguardo più seducente.

«C'è nessun altro?» urlò Bernd. «Altri candidati?»

Il baccano si sgonfiò. Ma non si offrì nessuno.

«Dai! Servono almeno tre o quattro persone perché le elezioni abbiano senso. Sabine?»

Sabine era una ragazza bassa, con gli occhialini rotondi e il viso appuntito simile a quello di una volpe.

«È vero» annuì Jakob. «Saresti un'ottima guida. Ti occupi già dei bambini piccoli. Tutti ti rispettano e ti ascoltano.»

«Proprio perché ho l'impegno dei piccoli non ha senso che lo faccia. Grazie della fiducia, ma ho già diverse cose a cui pensare, lo sapete. Nel tempo che mi resta...» inspirò ed espirò con calma «preferisco continuare a fare quello che so fare. Con le altre ragazze stiamo insegnando ai bambini a leggere, a scrivere, a contare, e vorrei cominciare storia perché sappiano chi eravamo, com'era il mondo di prima. Voglio pensare alla scuola. Quindi, mi spiace, ma no, non sono io la persona giusta.»

«Akay. Thomas. Mario. Voi siete tra i più anziani...»

Akay, un ragazzo turco alto e dinoccolato, scosse la testa con decisione. Thomas e Mario, anche loro diciassettenni del gruppo dei cacciatori, fecero finta di non aver sentito.

«Scusa, ma perché non ti offri tu, Jakob?» disse Sabine.

L'intero parco giochi lo scrutò intrigato. Jakob drizzò la schiena e tirò indietro il collo come se un'ape stesse per pungerlo sul naso. «Io?»

«Sì.»

«Be', ci sono un sacco di ragazzi più vecchi di me... non credo sia...»

«Proprio per questo» disse Sabine. «Se scegliamo uno dei grandi, ecco, il rischio è di dover rifare tutto di nuovo, e neppure tra molto» e a quel punto sbottò in una risata nervosa che la costrinse a tossire e a coprirsi la bocca con entrambe le mani. «Forse è meglio per Gropiusstadt, meglio per tutti» indicò i ragazzi che la circondavano, «avere una guida che davanti a sé ha un po' più di tempo. Tu quanti anni hai? Quattordici?»

Jakob annuì.

«Quindi dovresti averne un paio sicuri. Forse anche tre. E se hai preso da Sven addirittura quattro.»

«Sempre che non finisci nel canale mentre peschi» disse Peter.

«O mentre leggi» disse Bernd tenendo in mano un libro invisibile e fingendo di inciampare.

Ci furono delle risate.

«Che ne pensate?» disse Sabine alzandosi in piedi. «Volete Jakob come guida?»

L'urlo fu tanto vigoroso da far alzare in volo gli uccelli nascosti tra gli alberi e far scappare dei gatti che si erano appisolati su un muretto di cinta; i cani abbaiarono.

Büchner Due scattò avanti abbandonando la panchina su cui era appollaiato. «Ehi! Aspettate. Un attimo. E della mia candidatura che si fa? Non dovevamo votare?»

«Abbiamo appena votato» disse Sabine.

«Votato un corno... questo non era un voto era un... come si dice? Un'acclimazione.»

«Acclamazione?» sogghignò Sabine.

«Ecco. Quello! Non dovevamo acclamare. Ma votare. Ho ragione? Contiamo le mani.»

«Hai ragione» disse Sabine aggiustandosi gli occhiali. «Chi vota per Büchner Due alzi la mano.»

Büchner Due si voltò, i pugni stretti come a dire: "dai! eccomi! sono qui!" e un gran sorriso sparpagliato sulla faccia; che cominciò ad appassire, un millimetro alla volta, quando vide non più d'una decina di mani alzarsi timide, senza nemmeno superare le orecchie. Gran parte erano i suoi compagni di squadra a Battaglia. L'unico ad averla sollevata con convinzione era stato Büchner Uno.

«Bene» disse Sabine. «Ora chi vota per Jakob.»

E i visi scomparvero, nascosti dalle mani di chi li precedeva; centinaia di mani, quasi tutte lerce e tagliuzzate dal freddo, alcune avvolte in guanti, altre tanto secche da sembrare coperte di farina. E con le mani, un attimo dopo, giusto il tempo di guardarsi attorno e prendere atto della vittoria schiacciante, si sollevò un nuovo urlo. Peter, Bernd e Sabine urlarono più forte di tutti, applaudendo fino a farsi scottare le dita.

«Direi che non c'è bisogno di contare» sorrise Sabine, evitando di incrociare gli occhi di Büchner Due che senza aggiungere altro si fece largo a spintoni e uscì dal parco giochi scoccando a Jakob uno sguardo di cui Bernd si accorse – e che non gli piacque affatto.

Sabine lasciò che l'eccitazione defluisse, poi chiese il silenzio. «Ora però dobbiamo sapere se te la senti.»

Silenzio.

Jakob si rese conto di trattenere il fiato dal momento in cui era stato espresso il voto a suo favore. Aveva la pancia contratta e non sentiva più il sangue nelle mani. Soffiò via – cosa? – la paura, l'emozione. Per non affrontare gli sguardi dei ragazzi scrutò le facciate dei palazzi.

«Allora?» lo incalzò Bernd.

Tra le voci che gli si aggrovigliavano in testa, tirandogli i capelli, quelle di suo padre e di Sven furono le prime a emergere: dicevano cose che avevano a che fare con la responsabilità e il non tirarsi indietro – *cose più facili a dirsi che a farsi*, pensò – e lo incitavano ad accettare con una foga che non lasciava dubbi su quanto fossero dannatamente, irrimediabilmente orgogliosi di lui.

«Cosa aspetti? Te la senti o no?» gridò Büchner Uno, che a differenza del fratello era rimasto lì a vedere come andava a finire; e lo chiese con un tono strano: c'era curiosità, ma soprattutto sarcasmo.

Jakob sospirò e senza annuire, rivolto più a se stesso che ai ragazzi di Gropiusstadt, disse: «Spero di essere all'altezza».